俳《はい》句《く》・連《れん》句《く》 REMIX《リミックス》

浅《あさ》沼《ぬま》 璞《はく》

俳句・連句
REMIX

目　録

序　俳句的連句入門

〈俳クリティークI〉

破　現代的連句鑑賞

急　連句的西鶴論

序

俳句的連句入門

一、連句見渡し

0 「連句」という呼称

俳人に向け、連句について何か書こうとすると、反射的にうかぶ言葉がありまます。最近はあまり聞かなくなりましたが、「連句をやると俳句がヘタになる」という俗説です。むろん（松尾芭蕉や与謝蕪村をあげるまでもなく）近世の俳諧師はみな俳諧の連歌に精進したのですから、この俗説が妄説であることは間違いありません。ではなぜそのような妄説が生まれたのでしょうか。たぶん正岡子規の〈発句は文学なり。連俳は文学に非ず〉（「芭蕉雑談」[*1]明治二十八年・一八九五）という有名な連俳（連句）非文学論が多かれ少なかれ影響していると思われます。

とはいえ俳諧の発句《ほっく》を「俳句」と呼んで新たな意義を見出そうとした子

1 「芭蕉雑談」では以下〈[……] 連俳固《もと》より文学の分子を有せざるに非《あら》ずといへども文学以外の分子をも併有《へいゆう》するなり〉とつづく。

規がいる一方で、俳諧の連歌を「連句」[*2]と呼んで新たな意義を見出そうとした著名俳人もおりました。子規の後継者とされている高浜虚子、その人です。あまり語られてこなかった事ですから、意外に思う方が多いと思いますが。

せっかくの機会なので虚子の「連句論」(『ホトトギス』明治三十七年九月・一九〇四)について少しふれておきます。当時一般化していた「俳諧の連歌」の名をとらず、あえて「連句」の二字をタイトルに掲げた理由がここでは述べられています。

まず虚子は、俳諧の発句を略して「俳句」としたように、「連句」という略称を用いた方が「俳句」との区別もつくと言っています。その上でもう一つ、重要なモチーフを提示しています。それは中世連歌から俳諧連歌にいたり、一句一句の独立性が増したのだから、字義からいっても「連歌」ではなく「連句」とした方が妥当だというものです。

つづいてこのあと子規や内藤鳴雪[*3]の連句批判に対する疑義が述べられていきます。じつはそれが虚子の主な執筆動機でもあったようです。がそれはそれとして、俳諧連歌の一句一句の独立性に注目し、「連句」と別称したこと自体をまず評価すべきと私は考えます。

2「連句」という名称自体は近世にも使用事例があり、ルーツをたどれば古代中国の漢詩にまでいきつく。

3 **内藤鳴雪**(一八四七〜一九二六)江戸松山藩邸に生まれる。正岡子規(一八六七〜一九〇二)の感化により四十六歳から俳句をはじめる。「ホトトギス」に俳句・俳話を発表。多くの雑誌・新聞で選者を務めた。

たとえば現代の学生に「連句はもともと俳諧の連歌として百句詠むのが基本であった」と百韻《ひゃくいん》[＊4]形式について説明したとします。すると「五七五・七七を百回詠む」という誤解が必ず生じます。つまり短歌を百首詠むと勘違いするわけですが、その要因は「連歌」という名称にあるようです。名は体をあらわす、というように、「連句」と呼べば、五七五で一句、七七でも一句と理解しやすくなります。と同時に虚子のいう〈一句一句の独立性〉をも理解しやすくなるはずです。

「連句」という呼称を一般化した虚子の功績は、「俳句」を一般化した子規と同じようにもっと知られてよいのではないでしょうか。

Ⅰ「句」という単位

これから解説しますが、煩瑣な連句用語の多くはもともと「句」という単位が基本になっています。

まず一巻（一つの作品）の一句一句を順番に呼ぶ場合、発句の次が脇句、その次が第三、そして四句目以降をすべて平句《ひらく》、最後だけ挙句《あげく》（揚句）といいます。「挙句の果て」という慣用語のもとですね。以下、図示してみ

4 **百韻**　一巻を百句で構成する「俳諧の連歌」の基本的な形式。

ましょう。

①　発句　　　　　　５７５・長句
②　脇句　　　　　　７７・短句
③　第三　　　　　　５７５・長句
④　四句目（平句）　７７・短句
⑤　五句目（平句）　５７５・長句
　　……（平句）……
　　　　（平句）
○　挙句（揚句）　　７７・短句

下に長句《ちょうく》・短句《たんく》と書いたのは、音数律[*5]での呼称です。発句は長句で次の脇句は短句——世界最短の詩型と言われる俳句ですが、七七と比べれば長句となるわけです。

一巻を見渡せば、発句より数えて奇数番目が長句、偶数番目が短句となります。したがって発句や第三はつねに長句、脇句や挙句は短句です。挙句がいつも短句というのは理由があります。さきほど「百句詠むのが基

5 **音数律**　音節の数によって組み立てられる韻律。定型詩では俳句・川柳の五七五、短歌の五七五七七などがある。

本」と書いたように、多くの形式は百韻をベースとしており、偶数番目の句で終わります。芭蕉以来、一般化した「歌仙[*6]」もその名のとおり三十六句形式で、挙句はやはり短句です[*7]。

Ⅱ「二句一章」という方法

大正初期、大須賀乙字[*8]が俳句の取合せ[*9]を「二句一章」としたのはよく知られています。けれど言葉の厳密な意味からすると「二句一章」とは連句の付合《つけあい》をさすべき用語です。長句・短句であれ、短句・長句であれ、隣りあった二句を一章として詠むのが連句の付合だからです。虚子のいう〈一句一句の独立性〉に反するようですが、そうではありません。〈一句一句の独立性〉があるからこそ、二句一章が成立するのです。そろそろ作品例をあげましょう。

　鞘走《さやばし》りしをやがて止めけり　北枝《ほくし》
青淵《せいあん》に獺《うそ》の飛び込む水の音　曾良《そら》

6 歌仙　「三十六歌仙」に由来する。芭蕉以来もっともポピュラーな連俳＝連句の形式。半分の十八句で構成される形式を「半歌仙」という。

7 連句一巻を付け進めることを「巻く」という。巻きはじめを「起首《きしゅ》」、巻きおさめを「満尾《まんび》」または「首尾《しゅび》」という。ただし後述の最短形式「三つ物」は一巻ではなく一組として数え、長句で満尾する。

8 大須賀乙字（一八八一～一九二〇）俳人。福島県相馬生まれ。俳論家として河東碧梧桐、高浜虚子などを相手に批判をおこなった。「二句一章」の名称は大正三年の臼田亜郎宛書簡にみられ、各務支考《しこう》著『俳諧古今抄《ここんしょう》』（享保十四年・一七二九）の影響も指摘されている。

9 取合せ　一句のなかで二つの素材を配合し、その相互作用によってある効果をねらう奥の細道の旅の途中、山中温泉（石川県）で巻かれた歌仙の四句目・五句目の付合です。この歌仙は「山中三吟」と呼ばれています。三吟とは、河合曾良*10・立花北枝*11そして芭蕉という三人の連衆《れんじゅ(う)》（メンバー）によって巻かれたことをさします。井原西鶴の矢数俳諧*12のように一人で巻くのを独吟、二人なら両吟、あとは人数ごとに三吟、四吟、五吟と呼んでいきます。

では作品をみましょう。北枝の短句の〈鞘走り〉とは、鞘の口がゆるく、ひとりでに鞘から刀がぬけ出ることをいいます。それを〈やがて〉つまり即座に止めたというのです。最後の〈けり〉は切字*13ではなく、過去の助動詞と解せます（平句に切字は不可）。〈鞘走りし〉の〈し〉も過去の助動詞の連体形で「鞘走りし刀」の略です。それと呼応して過去の助動詞「けり」の終止形が使われているわけです。つまり一句は、鞘走った刀を即座に止めた後の、その余情（静寂感）を表現していることになります。

つぎに曾良の長句。〈青淵〉をアヲブチと読む説もありますが、いずれにしろ「青々とした底深い淵」を意味します。そこにカワウソ（当時は各地に生息）が飛びこむ音がしたというのです。つまり前の句（前句《まえく》）のしじまを次の句（付句《つけく》）が破ったことになります。典型的な二句一章です。

ここで〈古池や蛙飛びこむ水のおと〉を連想された読者も多いことでし

方法。『俳諧問答』（元禄十年・一六九七）に〈発句は畢竟取り合せ物と思ひ侍るべし〉。

10 **河合曾良**（一六四九〜一七一〇）信濃国上諏訪の生まれ。芭蕉（一六四四〜九四）とは五歳違い。貞享四年（一六八七）芭蕉の『鹿島紀行』の旅に随行、さらに元禄二年（一六八九）『おくのほそ道』に随行した。

11 **立花北枝**（?〜一七一八）加賀国小松に生まれ、のち金沢住。金沢蕉門の重鎮、芭蕉十哲の一人。元禄四年（一六九一）刊行の『卯辰集』は北陸における蕉門俳書の嚆矢。

12 **矢数俳諧**　独吟で一昼夜に連句を詠み、その句数の多さを競う俳諧。京都三十三間堂の通し矢に倣ったもの。通し矢では暮六つから翌日の暮六つまで行うものを「大矢数」、明六つから暮六つまで行うものを「小矢数」という。西鶴のょう。「山中三吟」（元禄二年・一六八九）が巻かれる三年以上前に〈古池〉の句は詠まれていました。気になるところです。

Ⅲ「取合せ」VS.「三句一章」

では二句を並べてみましょう（比較のために中七以下は同じ表記とする）。

古池や蛙飛び込む水の音　芭蕉（発句）
青淵に獺の飛び込む水の音　曾良（平句）

まず目につくのは季語の有無でしょうか。有季の句を季句《きく》、無季を雑《ぞう》といいますが、〈獺〉は獺祭《だっさい》（獺の祭）としないかぎり春の季語にはならず、雑の扱いとなります。〈蛙〉のように単体で春の季語にはならないのです。なので曾良の平句は雑、芭蕉の発句は春ということになります。とはいえ平句でも四季を詠み込む場合が多々ありますので、発句／平句の違いは季語の有無によって生じるわけではありません。さきに〈平句に切字は不可〉と註したように、発句／平句の違いは切字（切れ）の有無によります。

二万三五〇〇句がこれまでの最高記録。

13 切字　発句が独立性をもつために句末や句中に用いられ、切れる働きをする。「や・かな・けり」はその代表。

ここでも切字〈や〉に注目してください。上五における〈や〉と〈に〉の違いによって二句の印象はまったく別のものになっていますね。

平句に切字は不可――これを逆にいえば、発句には切字（切れ）が必要ということになります。〈古池〉の句は切字〈や〉によって上五と中七以下が取合せになっています。その取合せをさす「二句一章」とは、もともと連句の付合からきているとも述べました。〈古池〉の句を連句の付合のように二行で記してみましょう。

古池や　　　　　　（前句）
蛙飛び込む水の音　（付句）

〈古池〉の句が世界的な名句になったのは、この付合の仕掛けによると思われます。

佐藤和夫著『海を越えた俳句』（丸善ライブラリー、一九九一年）には興味深い話がのっています。日本文学研究家のE・G・サイデンステッカー[*14]は〈古池〉を英訳するに際し、オールド・ポンドではなくクアイアット・ポンド（静かな池）とすべきだと言ったそうです。また同著で紹介されて

14 **E・G・サイデンステッカー**（一九二一～二〇〇七）『源氏物語』や『雪国』等の英訳で知られ、川端康成のノーベル文学賞受賞にも貢献した。

いるアメリカの小学校読本『ハロー・アンド・グッドバイ』の英訳はオールド・サイレント・ポンドとなっています。いずれも〈や〉で切れた上五によって〈古池〉の無音の余情が提示されているという観点からの英訳でしょう。その無音の世界に〈蛙〉の音の世界が取り合されている——これを二行書きの付合として解釈しなおせば、前句の〈古池〉のしじまを付句の〈蛙〉の音が破るといえるでしょう。

ひるがえって切字のない〈獺〉の句は音の世界のみを詠んだ一句一章です。しかし平句はそれでいいのです。〈獺〉の付句は、前句の静寂感と対峙することによって二句一章を形成するのですから。再掲しましょう。

鞘走りしをやがて止めけり　　北枝（前句）
青淵に獺の飛び込む水の音　　曾良（付句）

このように切字（切れ）のない平句が並ぶことによって二句一章の付合がより鮮明なものとなります（「けり」は助動詞）。つまり発句の切字と似た効果を、七七（短句）から五七五（長句）への改行が生んでいるわけです。「切字」が発句を垂直に切るとすれば、「改行」は平句と平句を水平に切っていくといえます。したがって一句としての発句／平句の違いは切字（切れ）の有無で判別できるわけです。

ちなみに筑紫磐井著『定型詩学の原理』（ふらんす堂、二〇〇一年）では、一句の取合せに「二句一章」という紛らわしい呼称を使うべきではないという立場から「二物一句[*15]」というタームが使われています。

Ⅳ「二句一章」×2＝「三句の渡り」

「連句」という呼称のとおり、〈青淵〉の句は次の新たな付句によって前句となり、さらなる「二句一章」を連ねていきます。

青淵に獺の飛び込む水の音　　曾良（前句）
柴刈《しばかり》こかす峰の笹路《ささみち》　　芭蕉（付句）

いよいよ芭蕉の付句です。しじまを破った〈水の音〉の響きをうけ、柴刈の人をころばす険しい峰の笹路を詠んでいます[*16]。地上で柴刈がころんだ音が、獺の飛びこんだ水の音とオーバー・ラップする付合で文字どおり

15 **二物一句**　本書「俳クリティークⅠ」参照。

16 「柴を刈り倒す」と解する説もあるが、芭蕉の推敲過程（本項Ⅷ節参照）を鑑み、それはとらない。

「響付け《ひびきづけ》」*17といわれています。これを「二句一章」からとらえ返せば、静寂を破った先の二句一章が、水上・地上の音を重ねた次の二句一章へと変化しているといえます。おなじ〈青淵〉の句を挟んで、前後の二句一章が違った味わい（付味《つけあじ》）をかもし出しているのです。

よく連句の最小単位を二句一章の付合と考えがちですが、そうではありません。三句並んだ真ん中の句を共有しながら、前後にかかる二句一章の世界がズレていく——この三句の展開こそが連句の最小単位で、「三句の渡り」と呼びます。

鞘走りしをやがて止めけり　（打越《うちこし》）
青淵に獺の飛び込む水の音　（前句）
柴刈こかす峰の笹路　（付句）

カッコ書きしたように前々句を「打越*18」といいます。そして打越・前句の二句一章が、次の前句・付句の二句一章へと変化するのを「三句の転じ」または「三句放れ」といいます*19。

いうまでもなく脇句が付いた段階では、発句は前句で脇句が付句です。

17 **響付け**　西鶴等の談林俳諧では「拍子」という。

18 **打越**　打越のさらに前の句を「大打越《おおうちこし》」または「大越」という。

19 前後の二句一章が同趣向のものを「観音開き」「三句がらみ」もしくは「打ち越す」といって嫌う。

それが第三を付けるにおよんで、第三が付句、脇句が前句、発句が打越となります。で、新たな平句が付けられるたびに「三句の渡り」は一句ずつスライドしていきます。試みに六句目まで図示してみますが、四句目からの平句は④⑤⑥と番号のみを記します。

①発句＝打越
②脇句＝前句→②打越
③第三＝付句→③前句→③打越
　　　　　　④付句→④前句→④打越
　　　　　　　　　　⑤付句→⑤前句
　　　　　　　　　　　　　　⑥付句

具体例としてあげた「山中三吟」は歌仙の四句目から六句目[20]ですから、最下段④⑤⑥の「三句の渡り」にあたります。

20　「歌仙」全体の構成については本項Ⅺ節で詳述する。

Ⅴ「三段切れ」VS.「三句の渡り」

では水平な「三句の渡り」を発句的に垂直方向へ変換するとどうなるでしょうか。「二句一章」の付合＝一句の「取合せ」という等式にならえば、連句の「三句の渡り」＝一句の「三段切れ[*21]」と解釈できるかもしれません。

一般に俳句では嫌われがちな「三段切れ」ですが、発句では佳句がいくつもあります。これは「三句の渡り」「三句の転じ」の発想が一句に活かされているためと思われます。『俳句用語の基礎知識』（角川選書、一九八四年）では山口素堂《そどう》[*22]の有名作〈目には青葉山ほとゝぎす初鰹〉（延宝六年・一六七八）を三句一章の「三段切れ」として紹介しています（飴山實）。前述した「二物一句」の観点からいえば「三物一句」ということになりますね。これも水平な「三句の渡り」として記してみましょう。

目には青葉　（打越）
山ほとゝぎす　（前句）
初鰹　（付句）

21 **三段切れ**　例句〈目には青葉／山ほとゝぎす／初鰹〉のように、一句において句末を含めて三か所で切れること。

22 **山口素堂**（一六四二〜一七一六）甲斐国の生まれ。和歌・漢詩・俳諧作者。芭蕉と親交があり、蕉風確立にも影響を与えたといわれている。

周知のように、これは鎌倉の名物づくし。目には青葉の色、耳には山ほとゝぎすの声、口には初鰹の味、と初夏の風物を視覚・聴覚・味覚で愛でています。〈耳には〉〈口には〉が省略されているのは談林俳諧[*23]のいわゆる「抜け」[*24]という省略法にあたります。

まずは打越・前句の二句一章を鑑賞してみましょう。〈青葉〉〈ほとゝぎす〉は初夏の風物詩として古くから和歌に詠まれた雅語（歌語）です。よく例示されるのは、〈ほとゝぎす聞く折にこそ夏山の青葉は花に劣らざりけれ〉（『山家集』）という西行法師の歌です。いわば〈ほとゝぎす〉と〈青葉〉は本歌取り[*25]によるバランスのとれた伝統的付合なのです。

つぎに前句・付句の二句一章をみてみましょう。〈ほとゝぎす〉とおなじ初夏の景物でありながら、商品経済における初物〈初鰹〉が俗語として付け合わされています。伝統的な雅語に当世の俗語を配す、そんなアンバランスな滑稽味によって意表をついているわけです。

これを「三句の渡り」の視点からいえば、雅語どうしの付合（二句一章）から、雅語・俗語の付合（二句一章）へと転じているということになります。つまりは「三句の転じ」がなされているわけです。

後年（元禄四年・一六九一）、芭蕉も似たような発想で〈梅若菜まりこの

23 **談林俳諧**　西山宗因を盟主とする俳諧の流派。西鶴はその中心的存在。特徴として次注の「抜け」や雅語に俗語を取合せての「無心所着」などがあげられる。

24 **抜け**　付句で一句の中心になるべき語をあえて省略する手法。本書「破」の部「連句的西鶴論」参照。

25 **本歌取り**　古歌の一部を引用することで、作品外の意味や世界を暗示させるレトリック（修辞法）。他に、物語・故事等の引用を「本説取り」、諺の引用を「世話取り」という。

宿《しゅく》のとろゝ汁〉と初春の景物を愛でています。[26]

梅　　　　　　　　　　（打越）
若菜　　　　　　　　　（前句）
まりこの宿のとろゝ汁　（付句）

五／七／五の「三段切れ」ではありませんが、「三物一句」としての発想は同じで、旅立つ門人への餞別吟として東海道の名物づくしをしています。前出（脚注）の支考著『俳諧古今抄』には、「道すがら梅もあり若菜もあり、鞠子宿には名物のとろろ汁もあるだろうと思いやる風情を詠んでいる」との通釈がありますが、それだけではありません。〈若菜〉は植物と食類との意味をかねる「結前生後」の言葉だとの指摘もあります。[27]つまり植物《うえもの》として前の〈梅〉と結びつきつつ、食物《しょくもつ》として後の〈とろゝ汁〉を生んでいくというのです。その結果、〈とろゝ〉が〈梅・若菜〉のつややを崩す俳諧体である、との解説もなされています。

これを「三句の渡り」としてみれば、打越・前句の二句一章は〈梅〉〈若菜〉というつややのある雅語どうしの付合。進んで前句・付句の二句一

26 この時代〈とろゝ〉はまだ秋の季語として一般化していなかった。

27 **結前生後**　支考著『葛の松原』（元禄五年・一六九二）にも同様の記述あり。

章は雅語〈若菜〉に食類の意味をかぶせつつ、俗語〈とろゝ汁〉を生成する雅俗の付合。結果的に、付句としての〈とろゝ汁〉は打越・前句の雅なつやを崩すこととなります。まさに「三句の転じ」というほかありません。

ちなみに現代俳句でも〈さやうなら笑窪荻窪とろゝそば〉（攝津幸彦）のような連句的発想の佳句があります。仁平勝著『露地裏の散歩者』（邑書林、二〇一四年）でも「言葉どうしの連想だけで作られた句」として評価されています。*28 そういえば芭蕉の句も〈さやうなら〉の餞別吟でした。

Ⅵ 雅語VS.俗語

さて俳諧には俗語に転じる発句だけでなく、反対に雅語に転じるものもあります。また「三段切れ」の句形をとらない三物一句もあり、その様相はさまざまです。談林俳諧のリーダー西山宗因*29の発句〈よれくまん両馬《りやうば》が間《あひ》に磯清水〉（延宝三年・一六七五）を例にみてみましょう。やはり「三句の渡り」に変換すると——

28 初出は「『陸々集』を読むための現代俳句入門」（弘栄堂書店、一九九二年）。

29 **西山宗因**（一六〇五〜八二）肥後国熊本の生まれ。連歌師、俳諧師。梅翁とも。談林俳諧の祖。芭蕉は〈宗因なくんば、我々が俳諧、今以て貞徳が涎をねぶるべし。宗因はこの道の中興開山なり〉（『去来抄』）と称賛したという。

よれくまん　（打越）
両馬が間に　（前句）
磯清水　　　（付句）

まずは打越・前句にあたる二句一章。〈よれくまん〉〈両馬が間に〉は源平の合戦を描いた『平家物語』や謡曲『忠度』（世阿弥）からの引用になっています。したがってバランスのとれた軍物《いくさ》の付合といえます。

つぎに前句・付句にあたる二句一章。「両馬が間にどうど落ち」という『忠度』の落馬シーンから〈磯清水〉がわき落ちると転じます。*30

このような謡曲からの引用は「謡曲取り」といって宗因以後おおいに談林で流行りましたが、ここでは軍物に雅語〈磯清水〉を配す、そんなアンバランスな滑稽味によって意表をついているわけです。「二頭の馬の間に磯清水がわき落ちる」といったナンセンスな作風は無心所着《むしんしょじゃく》*31ともいいます。「三句の渡り」の視点からすれば、軍物どうしの付合から、軍物と雅語の付合への転じといえるでしょう。

ではこれに似た「三句放れ」を門人の西鶴による独吟連句からひろってみます。西鶴は町人作家らしく軍物どうしの付合を俗語へと転じています。

30『図説　俳句大歳時記』（角川書店、一九七三年）に「泉」はわきたたえ、「清水」はわき落ちるものとの解説あり（石川桂郎）。また蕪村発句に〈落《お》ち合《あ》うて音なくなれる清水かな〉（安永三年・一七七四）。

31 **無心所着**　本書「破」の部「学生との連句」および「俳クリティークⅢ」参照。

よれくまんとて枕ならべて　　　（打越）
つなぎぬる両馬が間にどうど落ち　　　（前句）
三《み》つ一石《いっこく》の俵《たはら》かさぬる　　　（付句）
『西鶴俳諧大句数』[*32] 第八（延宝五年・一六七七）

このように打越・前句は宗因の発句に同じくバランスのとれた軍物の付合です。「組打ちしようとすると、つないであった二頭の馬の間にどしんと枕を並べるように落ちてしまった」、そんな感じです。

ひるがえって前句・付句では、落ちた物が武将から米俵（三俵で一石の）に転じられていきます。〈俵〉は〈初鰹〉に同じく商品経済における俗語です。つまり軍物の落馬シーンに俗語を配すことによってアンバランスな滑稽味を出しているのです。むろん馬も軍馬から駄馬へと転じられます。

このように師弟とはいえ、宗因は連歌宗匠らしく雅語で、西鶴は町人作家らしく俗語で、それぞれ軍物を転じているわけです。[*33]

32　以下『大句数』と略称。

33　西鶴独吟にはほかに〈雷も両馬があいにだ（ど）うど落ち〉（『大矢数』第二十一）の類句あり。

Ⅶ　芭蕉ライヴの疑似中継

話を芭蕉の連句にもどしましょう。これまでふれませんでしたが、〈古池〉の自句がすでにありながら、似た発想の付合を門人たちにさせた芭蕉の、その連句捌《さば》きについて説明しておきます。

共同制作を旨とする連句の座では、コーディネーターつまり捌き手が必要で、文字どおり「捌《さばき》」と呼びます。とうぜん芭蕉のような宗匠《そうしょう》（リーダー）格がその役をつとめるのですが、元禄期、まだ「捌」という呼称[34]はありませんでした。けれど幸運なことに「山中三吟」の芭蕉の捌きぶりを門人の北枝が書き残していたのです。これはとても珍しく、貴重なケースです。

これまで引用してきた「山中三吟」は芭蕉の捌きを経た完成稿で、北枝編『卯《う》辰《たつ》集』（元禄四年・一六九一）所収の歌仙です。いっぽう北枝の実況記録は後年（天保十年・一八三九）「翁直しの一巻」として『山中集』のタイトルで板行されました。おなじ三句の渡りをみてみましょう（平句の表記はこれまでの引用に準じる）。

34 **捌という呼称**　江戸末期に成立。

鞘走りしを友の止めけり　　枝
「友」の字おもしとて、「やがて」と直る。
青淵に獺の飛び込む水の音　　良
「二三疋」と直し給ひ、暫くありて、もとの「青淵」しかるべし、と有りし。
柴刈こかす峰の笹路　　翁
「たどる」とも、「かよふ」とも案じ給ひしが、「こかす」にきはまる。

このように原句の直後に芭蕉の捌きぶりが書かれています。また三人の俳号はすでに発句・脇・第三で記されているので、北枝は〈枝〉、曾良は〈良〉と略されています。芭蕉を〈蕉〉と略した例も多くありますが、ここでは最初から〈翁〉と一字で記されています。

では一句ずつ芭蕉翁の捌きを追ってみましょう。まず北枝の原句〈鞘走りしを友の止めけり〉について「友」の字が重いと注文をつけ、「やがて」と一直《いっちょく》[35]しています。ここは「四句《よ(し)く》目《め》ぶり」といって軽い句が望まれますので、「友」という主語を消し、「軽み」を志向したのでしょう。[36]「やがて」という表現が、鞘走りを即座に止めた後の静寂感を際立たせることは前に述べたとおりです。

35 **一直**　その場で句の一部を直すこと。

36 あっさりした「四句目ぶり」を「遣《や》り句」という。歌仙は「三十六句、みな遣り句」（『三冊子』）という芭蕉の遺語には「軽み」志向が透けて見える。

その静寂感という手がかり（付所《つけどころ》）をとらえた曾良は蕉翁《しょうおう》の発句〈古池や〉の上五を想起し、思わず〈青淵に獺の飛び込む水の音〉と平句化した、と想像してみましょう。蛙が古池のしじまを破ったように、鞘走りの直後のしじまを獺が破る二句一章……。

蕉翁は反射的に自句との類似を避け、「二三疋」と直します。しかし重い。曾良の平句は翁をリスペクトしての類想。しかもこの歌仙は、奥の細道の旅で体調をくずした曾良との餞別の興行でした。やはり原句の〈青淵に〉にもどそう、と翁は思い直します。

そして自分の番。[*37] 翁は〈柴刈こかす峰の笹路〉と水上から地上に場所を転じていきます。がしかし、とまた考えます。険しく滑りやすい〈峰の笹路〉が〈柴刈〉人を〈こかす〉とするより、〈柴刈〉人が〈峰の笹路〉を「たどる」「かよふ」とした方があっさりしないだろうか。いや、逆にあっさりし過ぎて前句に響かないかもしれん。やはり〈こかす〉か……。

以上、疑似的にライヴ中継してみましたが、このように捌が句を決定していくことを治定《じじょう》と言います。それにしても原句の直しを芭蕉が治定したのは〈やがて〉の一句のみ。あとは迷いながらも原句にもどしています。芭蕉は発句以上に連句に自信をもっていたと門人の森川許六《きょりく》[*38]が書き伝えて

37 このように順番に付けるのを「膝送《ひざおく》り」、自由に小短冊《こたんざく》で出句するのを「出勝《でがち》」という。

38 **森川許六**（一六五六～一七一五）芭蕉最晩年の弟子の一人。『宇陀《うだの》法師《ほふし》』（元禄十五年・一七〇二）で芭蕉遺語を伝える。

います。その俳聖にしてこの迷走ぶり。一つの理由が考えられます。

Ⅷ　転じの目安＝「自他場」

「翁直し」の三句の渡りを更にべつの観点からみてみましょう。

鞘走りしをやがて止めけり　（人情自《にんじょうじ》）
青淵に獺の飛び込む水の音　（人情ナシ＝場《ば》）
柴刈こかす峰の笹路　（人情他《た》）

括弧書きしたように、自分のことだけを詠んだ句を人情自、反対に他者のことだけを詠んだ句を人情他。[*39] そして人が詠まれていない場合は人情ナシの場の句——このように区別する「自他場《じたば》」という分類方法があります。これも芭蕉の時代にはなかったものですが、三句の転じ（三句放れ）のひとつの目安として芭蕉も漠然と意識していたようです。

三句を順番にたどってみましょう。打越〈鞘走り〉の句には主語がありません。ですのでこれ一句だけをみるならば人情自ということになります。

39 自分と他者を両方詠んだ場合は自他半《じたはん》という。

いっぽう原句の〈鞘走りしを友の止めけり〉は〈友〉という他者だけを詠んでおり、人情他であったわけです。さきに〈「友」という主語を消し、「軽み」を志向した〉と述べましたが、人情他を人情自に変えてもいたわけです。

前句〈青淵〉は人が詠まれていませんから場。かりに「二三疋」と直したとしても場の句に変わりはありません。

付句は〈柴刈〉人だけを詠んでおり、人情他。[*40] かりに「たどる」「かよふ」としても同じです。ということは打越句が人情他のままであったら、他者だけを描くという同趣向の「観音開き」だったわけです。つまり芭蕉の迷走ぶりは三句の転じを見越したものであったとしてもよいのではないでしょうか。これをつきつめるとライヴの〝座の文芸〟を紙へ〝書かれた文芸〟に定着させるための、避けられない迷走だったといえるのですが、詳細は本書「急」の部「西鶴独吟の基準」にゆずります。

40 本項Ⅳ節の脚注でふれたように「柴を刈り倒す」と解した場合、人情自となり、打越句と「観音開き」。

Ⅸ 初心者の心得×2

このへんで実作での初心者心得を二点ほど述べておきます。まず今やった「自他場」ですが、日本語はファジーですので、場の句にやや人情が入った「薄《うす》人情」などというのもあり、最初のうちはジタバタするでしょう。しかし、それでいいのです。もとより「自他場」は観音開きを避けるための一つの目安です。目安を意識しすぎ、自自場場自自場場とつづけてしまうと、人情句で盛りあがる場面がなくなり、逆効果ともなります。これをジジババとか、縞《しま》などといって実作の場では嫌います。

また「たけくらべ」といって恥じる行為があります。それは長句・短句をくりかえす流れにやや慣れたころ、長句に長句を、短句に短句を付けてしまうミスです。わけてもなぜか短句ばかりできてしまうケースが多いのですが、以前私はこれを「オンリー短句症候群《シンドローム》」とよんでいました。そしてその病気にかかってしまった場合の処方として「チョーキング」を推奨しました。あたかもエレキ・ギターの弦を引きあげてチョーキングするかのように、短句を長句化するのです。もちろん逆に長句に長句を付けてしまった場合はタンキング（短句化）します。恰好の例をあげます。

義朝殿に似たる秋風[*41]　（短句）
義朝の心に似たる秋の風　（長句）

41 前句は〈月みてやときはの里へかゝるらん〉。

短句は俳諧の祖・荒木田守武《もりたけ》[42]の『守武千句』（天文年間・一六世紀前半）の平句。長句は芭蕉の発句〈義朝の心に似たり秋の風〉（貞享元年・一六八四）を手前勝手に平句化したものです。もとは守武の短句の本歌取りを芭蕉の発句がしたわけですが、発句ですから〈似たり〉と終止形で切れていました。つまり二物一句の取合せとなっていたのです。それを〈似たる〉と連体形にして下五へつづけ、一物一句（一句一章）の平句体にしてみたわけです。するとどうでしょう。それぞれ互いにチョーキング⟷タンキングの好例として読むことができますね。

X 短句下七の四三調

ところで、一句としての短句に課されたルールがあります。それは二《に》五《ご》四《し》三《さん》といって、下七[43]が二・五または四・三のリズムになるのを嫌うのです。わけても四・三調をタブー視し、ぎゃくに三・四調を偏重する傾向があります。さきの例句も「にたる・あきかぜ」と三・四調になっています。これを転倒させて「あきかぜ・にたる・にたる」とすると嫌われものの四・三

42 **荒木田守武**（一四七三〜一五四九）伊勢神宮の神官。山崎宗鑑とともに俳諧の創始者。

43 **下七** 俳句で上五・中七・下五というように短句は上七・下七という。

調になります。実作の場では一般に「一句のリズムが整わない」などといわれています。

坂野信彦著『七五調の謎をとく』（大修館書店、一九九六年）によると、四三調の忌避は、〈いわば制度としての「王朝和歌」の読唱法の一環をなすもの〉で、王朝和歌から連歌へ、連歌から俳諧へと制度化されてきたようです。げんに芭蕉らの『俳諧七部集』に収められた短句七四六句中、下七の四三調は皆無とのことで、蕉風俳諧も〈王朝和歌方式で読唱されていた〉ともあります。芭蕉が書写したという北村季吟《きぎん》[*44]の『誹諧埋木《うもれぎ》』に、〈すべて三四をよきに定め、四三をあしきに定めたり〉[*45]とあるのも頷けます。

もともと旧派・貞門[*46]の秘伝書であった『埋木』（明暦二年・一六五六）ですが、新派・談林の隆盛期、そのアンチテーゼとして公刊（延宝元年・一六七三）されたともいわれています。もっとも談林の雄・西鶴とて『埋木』を全く参照しなかったわけではないようですが、こと「あしき」四三調に関しては、厭わずに詠んでいます。[*47] 西鶴の軽口と芭蕉の軽み、二人の差異は韻律的にも顕在化していたのです。

で、現代に目をもどしますと、俳句界にひとしく連句界もまた芭蕉派が主流ですから、四三調を忌避する向きが大半ではないかと推測されます。

44 **北村季吟**（一六二四〜一七〇五）近江国の生まれ。貞徳門。俳諧師・和歌作者・歌学者。

45 以下、〈二五と五二とは其句によるべきにやとぞ〉とつづく。

46 **貞門**　松永貞徳とその直門及び同時代の俳諧の総称。

47 本書「急」の部「西鶴独吟の読み方」参照。なお小林一茶の短句四三調に〈うはの空にて鰐口たゝく〉（「小男鹿《さをしか》や」歌仙）（後述）。

かつて斎藤茂吉は、王朝和歌以前の自由な万葉調に言及しつつ、〈四三調の結句は、程度の差こそあれ、概して敏活なる運動〔中略〕を表現するに適せるが如し〉とし、逆に三四調は〈大まかにゆつたり〉とした風があると分析しました（「短歌に於ける四三調の結句」[*48] 一九〇九年）。そして表現者として、〈結句は必ず三四なれ、四三なれといふが如き説は余これをとらず〉と宣言しました。こうした二者択一を避ける「万葉的な自由」への希求は、短歌というジャンルにあって与謝野晶子や俵万智にまでみられるようです（坂野の前著によれば、『みだれ髪』は四〇％ちかく、『サラダ記念日』は三五％ほどが四三調との由）。

隣接ジャンルにこのような成果がある以上、現代連句が四三調を活かさない手はないはずですが、これについては「破」の部で詳述します。

ちなみに土居光知著『文学序説』（岩波書店、一九二二年）には、四三調は動的連続調、三四調は静的終止調との分析があります。先ほどの茂吉による分析と併せて、大いに参照すべきではないでしょうか。要約を列記しておきます。

四三調＝動的連続調（敏活なる運動を表現するに適す）

48 源実朝の万葉調〈時によりすぐれば民のなげきなり八大竜王雨止めたまへ〉（『金槐集』）の四三調を子規が評価したことが紹介されている。

三四調＝静的終止調（大まかにゆったりとした風がある）

XI 面＝連による序破急

すでに脚注でふれましたが、「歌仙」とは芭蕉が一般化した三十六句形式のことで、今日もっともオーソドックスなスタイルとして継承されています。ルーツをたどればベーシックな百韻の略式[*49]であったのですが、そのスリムさを利用して「山中三吟」等の秀作群を芭蕉一門が残し、スタンダード化したわけです。ではその構造をみてみましょう。

歌仙の三十六句は、もともと二枚の和紙（懐紙《かいし》）に作品を書いていました。まず二枚とも横二つ折りにし、一枚目を初折《しょおり》、二枚目を名残《なごり》の折としますす。そして折目を下に右綴じし、それぞれ表と裏に分け、初折の表《おもて》（六句）・初折の裏《うら》（十二句）、名残の表（十二句）・名残の裏（六句）というように書きつけます。で、この四つのパートを「面《めん》」と呼ぶのです。

とはいえ、社寺に奉納するなど特別なイベント（正式《しょうしき》俳諧興行）でないかぎり、いまでは懐紙を使うことはほとんどありません。だいたい普段の「座」では大学ノートや自前の連句用紙を使うのがほとんどです。とい

49 百韻から歌仙への過渡的な形式として世吉《よよし》（四十四句）がある。

うことは、オモテ・ウラといった言葉も便宜的にしか使われていないということになります。げんに雑誌などに掲載する際も、各「面」へ移るのに、一行空けてそのまま続けます。すなわち一行空けて、最初の行の上に「ウ」（ショオリノウラの略号）とか「ナオ」（ナゴリノオモテの略号）とか記すのです。あくまでも便宜的に。

　ではこの懐紙式の四つの「面」を、じっさい連句人《レンキスト》[50]はどのように認識しているのでしょう。たぶん多行詩の「連《れん》」のようなものとして認識しているのではないでしょうか。オモテ・ウラといった言葉は、各連の呼び名にすぎないといえます。ただし、それを基準に一巻全体の「美」が構成されていることもまた事実です。大きく見渡せば「序破急《じょはきゅう》」、細かくみれば「月花の定座《じょうざ》」の基準として各連はちゃんと機能しているのです。

　まずは「序破急」という伝統的な美学ですが、これは、かつての音楽や演劇（つまり舞楽）から浸透してきたものです。懐紙式の四つの連は、この「序破急」三段階の目安として今もしっかり機能しています。その基準は時代によって多少動いたようですが現在の歌仙では、おおよそ次のように図示していいでしょう。

50「レンキスト」は著者による命名。

［序］　第一連　初折の表（全六句）　略号＝ウ
［破］　第二連　初折の裏（全十二句）
　　　　第三連　名残の表（全十二句）　略号＝ナオ
［急］　第四連　名残の裏（全六句）　略号＝ナウ

「序」は緩やかで安定した導入部、「破」は自由で起伏にとんだ展開部、「急」は軽く速やかな終結部といえます。そのため「序」の第一連（表）では、宗教・恋愛・述懐・病死・闘争・固有名詞などを詠んではいけないという禁欲的なルールがあります。[*51]これらは「破」の第二連（裏）まで御法度なのです。逆からいえば、第二連（裏）以後はこれらを詠まなければいけないわけで、御法度を破るという意味の「破」として解釈することが可能です。「急」の第四連（名残の裏）では、その「掟破り」をすみやかに収束させなければなりません。これを付合のスピードでいうと、最初はゆっくり時間をかけ、じょじょに早くして、最後はイッキに、ということになります。[*52]

51 **禁欲的なルール**　このルールによる表の作風を「表ぶり」というが、発句には適用しない。

52 本書「破」の部で述べる新連句形式「オン座六句」でも第一連はこのような「歌仙」の表ぶりに則る。短句下七の四三調は第一連のみのタブーとし、第二連以降は解禁。韻律の自由度を増した。

Ⅻ　月&花の定座

つぎに「月花の定座」ですが、これも月や花に対する伝統的な美意識によって定められたものです。歌仙では「二花三月《にかさんげつ》」といって花が二ヶ所、月が三ヶ所詠まれます。この場合、それらをバランスよく配置するための目安が必要となります。「連」によって定座を読み替えてみましょう。

［初折］
①　表（第一連）　全六句　　5句目に月
②　裏（第二連）　全十二句　7句目あたりに月*53
　　　　　　　　　　　　　11句目に花
［名残の折］
③　表（第三連）　全十二句　11句目あたりに月
④　裏（第四連）　全六句　　5句目に花

ご覧のとおり偶数の連に花の座を一つずつ、計二句。第一連から三連まで月の座を一つずつ、計三句詠んでいるのがわかります。ほんらい月は各

53 裏（第二連）七句目の月は江戸時代中期に規定されたもの。芭蕉の頃は八句目を「月の出所」としてフレキシブルに運用した。

連に一句ずつ、計四句詠むべきなのを、最終連の六句の中で月・花ふたつの座を詠むのは窮屈。ということで、花を優先し、月は省略されました。

　このように各連にバランスよく定座が据えられているのです。たとえば最終連の花の座など、目安としての「連」がなければ、発句から数えて「三十五句目」などと言わなければなりません。それでは定座のバランスを的確に把握することはできないでしょう。

　以上のように懐紙式の四つのパート（連）は、巨視的にも微視的にも重要な目安として機能しているわけです。[*54] 具体的な月花の詠みぶりについては次項で詳述します。

54 連（面）が変わるとまた新たな三句の渡りが始まる、と初心者は誤解しがちだが、三句の渡りは連や折をまたいで続く。

二、連句細見

0 部分&全体

前項「連句見渡し」を総論とすれば、本項「連句細見《さいけん》*1」は各論ということになります。

「見渡し」とはもともと連句用語で、一巻全体の構成を眺め渡すことをいいます。むろん連句の場合は変化が命、部分と全体は還流しあう関係にありますので、三句の見渡し、面（連ごと）の見渡し、折（二連ごと）の見渡し、一巻（全ての連）の見渡しなどと各単位においても使われます。つらつら考えれば序・破・急という流れもまたホップ・ステップ・ジャンプと変化するにおいて「三句の転じ」に通底するといえるでしょう。したがってここでの各論も総論に還流するものとして述べていきます。

*1 細見とは広義には「細かに示すこと」だが、狭義にはガイドブック類、わけても遊里案内記『吉原細見』をさす。

なお一般に、言葉の縁によって付ける詞《ことば》付けは貞門俳諧、句意によって付ける意味付けは談林俳諧、余韻・余情によって付ける匂《にお》い付け（広義）は蕉風俳諧といわれます。[*2] けれど（極端な例をあげれば）現代メディアがラジオ・テレビ・ネット等の共存で成り立つように、近世俳諧もまた各俳風のリミックスによって成り立っていることを予めことわっておきます。

Ⅰ　脇句＝ジャンクションとしての挨拶

むかしから客発句・亭主脇といって、客人が発句を、その家の主人が脇句（以下、脇）を詠むという作法があります。じっさい主・客の関係にはなくても、発句作者は客の役柄を、脇の詠み手は主人の役柄を、それぞれ演じるわけで、相互に挨拶性をもっているのです。そのため発句・脇では同季・同場所つまり同時空間の付合がのぞまれます。[*3] ともすれば閉鎖的になりがちな「座」のコミュニケーション（連衆心《れんじゅうしん》）を普遍化するきっかけとして、そうしたルールが必要不可欠だったのでしょう。

また前項Ⅲ節で述べたように発句の「切れ」は垂直にはたらき、平句どうしの「切れ」は水平にはたらきます。ですので発句の垂直性を平句の水

2 詞付けは「物付け」、意味付けは「心付け」ともいう。また広義の匂付けは「移り」「響き」「位」などを包摂する。

3 仮に春であれば、晩春の発句に初春の脇を付けるようなケースすら「季戻り」といって嫌う。

平性へと方向転換する役目も脇は担っています。つまり発句に挨拶しながら、第三へも目くばりをする大任を託されているのです。イメージとしてはこんな感じです。

｜（発句＝立句《たてく》）
＼（脇）
―（第三）
―（平句）
・　・
・　・
・　・

発句の別称に立句というのがあります。発句本来の垂直性をよくあらわした名称ですね。名は体をあらわす。平句という名称もまた、その水平性をよくあらわしているといえるでしょう。[*4] そんな発句の垂直な「取合せ」を芭蕉は「行きて帰る」（『三冊子』）と形容した一方で、挙句までつづく平句の水平な「付合」を「ただ先へ行く」とも述べたようです。[*5] そのひそ

4 本書「急」の部「昭和の西鶴、平成の西鶴」Ⅱ節参照。
5 芭蕉は俳論集を書かなかったが、多くの口伝が門弟によって残されている。『三冊子』は元禄十五年（一七〇二）成。その後七十年余、写本で伝えられた。

みにならって一巻を見渡せば、「垂直志向の発句と水平志向の付句群とが対峙しあった一つの詩形式」それが連句ということになり、脇がジャンクション（接合点）の役割を果たしていることがわかります。

現在、俳句として親しまれている芭蕉の発句とその脇をみてみましょう。

枯れ枝に烏のとまりけり秋の暮　　芭蕉（発句）
鍬《くは》かたげ行く霧の遠里《とほざと》　　素堂（脇）

真蹟懐紙（『芭蕉翁遺芳』等所掲）に書かれた発句・脇です。*6

まずは同時空間の、その時間をみてみます。発句は水墨画の画題「寒鴉《かんあ》枯木《こぼく》」をベースにしているとよく言われますが、季語は〈秋の暮〉で晩秋とも秋の日暮ともとれます。したがって〈枯れ枝〉は落葉した枝（冬）ではなく、枯れ死した木の枝（雑）という説があります。とすると純然たる秋の句で、冬との季重ね*7にはなりませんね。脇の素堂もそう解釈したのでしょう、秋の季語〈霧〉で挨拶をしています。しかも秋の日暮ととり、仕事帰りの時間帯を詠んでいます。このように時刻を定めて付けるのを「時分《じぶん》」の付けといいます。

6　芭蕉と素堂の関係は前項V節でみたとおり。

7　**季重ね**　「季重なり」ともいう。一句のうちに季語が二つ以上含まれること。

つぎに空間ですが、両句とも山村の景です。発句は切字〈けり〉で切れ――秋の近景と秋の時間との取合せ――二物一句といえます。いわば空間と時間が垂直に「行きて帰る」発句世界なのです。そういえば映画監督のエイゼンシュテインはモンタージュ[*8]の「二物衝撃」を説くにあたり、この句を引用したことがありました。[*9]山口誓子のいわゆる「二物衝撃」はこれを逆輸入したもので、ルーツは俳諧だったのです。

さて脇は発句の地点からの遠景となっています。近景の鳥が「止まる」動作に、鍬を肩に「担ぎ行く」遠景を添えての挨拶で、これを「打添付《うちそえ》け」といいます。また伝統的作法に則って韻字《いんじ》（漢字）止めにもなっていますし、ゆったりとした三四調でもありますね。残念ながら真蹟懐紙では第三が付けられていませんが、発句の垂直なモンタージュを水平方向へ開いていく脇の典型をここにみることができるでしょう。[*10]

Ⅱ　第三＝転じのトップバッター

つぎに俳句として親しまれている蕪村の発句、それが脇を経て第三で転じられている例をあげましょう。[*11]好都合なことに、いまの素堂の挨拶によ

8 **モンタージュ**　各ショットのつなぎ方により、新しい意味表現を生む技法。
9 エイゼンシュテイン『映画の弁証法』（佐々木能理男・訳編、角川文庫、一九五三年）参照。
10 その場にいない故人などの発句を立て、脇から付け進めるのを「脇起し」または「脇起り」という。実作例は本書「破」の部「俳人とのオン座六句」参照。
11 この三句の渡りには以下の

く似た「打添付け」が脇にみられます。

　菜の花や月は東に日は西に　　蕪村（発句）
　山もと遠く鷺《さぎ》かすみ行《ゆく》　　樗良《ちょら》（脇）

安永三年（一七七四）興行の「菜の花や」三吟歌仙（『続明烏』『宿の日記』所収）。

まずは同時空間の時をみてみましょう。発句は〈菜の花〉で春。ですので月は春月ということになります。時刻は夕刻——東に宵月《よいづき》がかかり、西空に日が傾く頃です。脇の三浦樗良[*12]は〈かすみ〉で春の挨拶をしています。〈行く〉という措辞には暮れ〈行く〉という時間感覚があり、夕霞に消えゆく鷺を思わせます。蕪村門弟の高井几董《きとう》はその著『附合てびき蔓』（天明六年・一七八六）で「打添にて時分」の付けだと解説しています。さきの素堂の脇〈鍬かたげ行く霧の遠里〉と同趣向ですね。しかも霧と霞はおなじ気象現象です。あえて両句の違いをさぐれば、〈鍬かたげ行く〉は人情句で、〈山もと遠く〉が場の句といったところでしょうか。

ではその場の空間をみてみましょう。発句は切字〈や〉によって地上と

ようなプレテクスト（引用源）が考えられるが、ここでは発句・脇・第三の作法・詠みぶりのみを解説した。
発句＝〈白日《はくじつ》ハ西阿《せいあ》ニ淪《しづ》ミ、素月《そげつ》ハ東嶺ニ出ヅ〉（陶淵明）、〈東《ひむがし》の野にかぎろひの立つ見えてかへり見すれば月傾《かたぶ》きぬ〉（柿本人麻呂）、〈月は東に昴《すばる》は西にいとし殿御は真ん中に〉（山家鳥虫歌・丹後）。
脇＝〈見渡せば山もと霞む水無瀬川夕べは秋と何思ひけん〉（後鳥羽院）、〈雪ながら山もと霞む夕べかな　宗祇／行く水遠く梅匂ふ里　肖柏〉（水無瀬三吟百韻）。
第三＝〈詩商人《あきんど》花を貪ル酒債《さかて》かな　其角／春湖《しゅんこ》日暮れて駕レ興《キョウニノル》　吟　芭蕉〉（虚栗《みなしぐり》）。

12 **三浦樗良**（一七二九〜一七八〇）志摩国伊勢の生まれ。中興俳壇の有力作家。

天空をモンタージュしています。脇は地上の夕景を山麓へとひろげ、中空の鷺を描出しています。そうして発句の垂直性を第三の水平性へとリンクしていくのです。こんなふうに。

菜の花や月は東に日は西に　蕪村（発句）打越
山もと遠く鷺かすみ行　樗良（脇）前句
渡し舟酒債《さかて》貧しく春暮れて　几董（第三）付句

これでやっと三句の渡りを記すことができたわけで、「第三からが連句」といわれる所以です。几董の第三は脇の〈鷺〉をうけ、空間を水辺[*13]へと転じているだけではありません。少ない酒債（酒手）つまり心づけ（チップ）を嘆く船頭を登場させ、人情句（他）に転じてもいるのです。これを「起情《きじょう》」の付けといいます。

句末の「て止め」は第三の基本的な作法です。「て止め」もしくは連用形止めは、水平方向へと句を付け進めていくためのトップバッターとしての句形なのです。[*14] この第三以降、改行という「切れ」によって二句一章がつぎつぎとズレていく、「三句の転じ」が連なっていくわけです。[*15]

13 俳諧では「すいへん」と読む。

14 同時に「句跨り」を避ける。

15 発句・脇・第三という連句のエキスをそのまま形式化したものを「三つ物」という。現在でも年賀状等で「歳旦三つ物」を交換し合うならわしがレンキストの間では残っている。洒落ではないけれど最短形式が歳旦吟として残ったわけである。

Ⅲ　芭蕉VS.西鶴（恋句バージョン）

表（第一連）四句目から六句目までの作例は前項「翁直しの一巻」でみました。宗教・恋愛・述懐・病死・闘争・固有名詞などをタブーとする「表ぶり」で詠まれていたはずです。[*16] いっぽう西鶴独吟の〈よれくまんとて枕ならべて／つなぎぬる両馬が間にどうど落ち〉は裏（第二連）の付合ですから闘争場面を自由に詠んでいました。というか「破」の段としてタブーを積極的に破っていた、としたほうがいいでしょう。

とりわけ「破」での恋句は大切で、月花のように定座の規定こそありませんが、恋の座がなければ、その一巻を半端ものとして芭蕉も認めていなかったようです（『去来抄』[*17]）。有名な蕉門の恋の座をあげます。[*18]

いのち嬉《うれ》しき撰集《せんじふ》の沙汰　　去来《きよらい》（打越）
さまぐ〳〵に品《しな》かはりたる恋をして　　凡兆《ぼんてう》（前句）
浮世の果《はて》は皆小町《こまち》なり　　芭蕉（付句）

16 「翁直しの一巻」の第三〈月よしと相撲に袴《はかま》踏みぬぎて　芭蕉〉は相撲そのものの闘争場面を巧みに避けている。

17 宝永元年（一七〇四）頃に成立。

18 裏に入り、待ってましたとばかり恋句を詠むのは「待ち兼ねの恋」といって中世連歌では嫌ったが、俳諧では許容した。

蕉風円熟期の代表的撰集で「俳諧の古今集」と称される『猿蓑』（元禄四年・一六九一）所収の「市中は」三吟歌仙。[19]

まず打越・前句の二句一章。勅撰和歌集に入集のしらせを聞き、「生きながらえてよかった」という打越を受け、歌集の恋の部にあるさまざまな名目[20]を詠んで、と前句は付けています。いわば虚の恋の二句一章で、打越は「恋の呼び出し」という誘い水のような役割を果たしています。けれどこれを前句の側からみると、さまざまな恋の歌を詠んできて、うれしい入集のしらせを聞くことができた、と因果関係が逆になります。こうした詠みぶりを「逆付け《ぎゃく》」といいます。

つぎの前句・付句の二句一章は、虚から実の恋へと転じています。つまり前句の〈品かはりたる恋〉を現実の恋愛遍歴に見立て[21]、かつて浮名を流した女性一般に、謡曲の小町物のような老衰・零落のさまを見ているわけです。[22]

この芭蕉の恋の述懐を、より俗っぽく詠んだのが西鶴です。

絵《ゑ》草紙《ざうし》も下《サガ》りを請けて送り状　（打越）
心中の末は年寄《としより》女房　（前句）

19 向井去来と野沢凡兆は門弟にして『猿蓑』編者。

20 逢わぬ恋・待つ恋・忍ぶる恋・隔つる恋など。

21 〈恋〉という字を色恋の意味に取り成す。「取り成し」は詞の、「見立て」は句意の読みかえで、表裏一体。

22 〈小野の小町が成れる果てにてさむらふなり〉（『卒都婆小町』）等の謡曲取り。

水性《みづしやう》の性のおもはく波の皺《シハ》　（付句）

『西鶴大矢数』[23]（延宝九年・一六八一）第十三巻目の百韻。

最初の二句一章。売れ残った絵草紙[24]を返品する、という打越に、むかし心中未遂をおこして世間を騒がせた女も、いまは年配の女房になってしまった、という述懐を付けよせています。

次の二句一章は、その古女房の性格を見定め、水性（浮気性）な女の恋の思惑も寄る年波には勝てない、と皮肉っています。このように前句の人物のことを描くのを「其人《そのひと》」の付けといいます。なおここで使われている〈心中〉や〈おもはく〉は恋の詞《ことば》として当時の俳書に分類され、季語のような役割を果たしていました。

このように西鶴は俗っぽい恋句が得意でしたが、そればかりではありませんでした。ときにこんな恋の転じも残しています。

右近のばゝも嫁も見えます　（打越）
涼み所《ど》はどつさくさする恋の病　（前句）
冷や麦二桶明け易き月　（付句）

23 以下、『大矢数』と略称。
24 **絵草紙**　世間の事件を絵入りでスクープした刷り物。

『俳諧独吟一日千句』（延宝三年・一六七五）第四巻目の百韻。

打越は京都北野天満宮の「右近の馬場」に「婆」を言いかけ、〈嫁〉という恋の詞にリンクした意味不明の無心所着体。それに対して前句は〈どつさくさ〉つまりドサクサ混雑する涼み所での恋を演出しています。そんな真夏の夜の恋に対し、付句はふたりで食べた冷や麦と夏月とを客観写生し、人情ナシの「場」の恋句としています。じつはこの西鶴独吟、幼馴染の愛妻が若くして病死し、その数日後、夜明けから日暮にかけて一気に巻いた追悼作品[*25]だったのです。西鶴夫婦には〈冷や麦〉の思い出があったのかもしれません。

恋句というと人情句、わけても「自他半」になりがちですが「場」の恋も可能だということがよくわかりますね。

なお季句としては〈明け易き月〉が主で〈冷や麦〉は従ととるべきでしょう。付句に限らず俳諧で「季重ね」をする場合、伝統的な季題をメインとし、俳諧的な季題をサブとする例が多いようです。山本健吉編『最新俳句歳時記・新年』（文藝春秋、一九七二年）によれば、中世連歌の季題→江戸俳諧の季題→近代俳句の季題→現代俳句の季語と、季題・季語はピラミ

25　封建社会にあって亡妻追善の作品集刊行は異例。これを契機に西鶴独吟の記録は更新されていく。

ッド状に増殖してきたといいます。前項Ⅴ節〈梅若菜まりこの宿のとろゝ汁〉の脚注で〈とろゝ〉はまだ秋の季語として一般化していなかった、としたのはそのためです。

Ⅳ 芭蕉 VS. 西鶴（恋離れバージョン）

これまで述べてきたルールのうち、発句・脇・第三・四句目の詠みぶりなど故実的なものを「作法」といいます。ほかに「式目《しきもく》」といって禁制的なルールがあります。その代表が、平句を何句続けるかという「句数《くかず》」と、何句隔てるかという「去嫌《さりきらい》」[*26]です。たとえば恋は二〜五句続け、一度とぎれたら次の恋まで三句隔てる「三句去り」を原則とします。とはいえ五句まで続けるのを「恋詰まり」として避け、二〜三句で終えるケースがほとんどです。恋の座を終えるのを「恋離れ」といいます。やはり芭蕉からみましょう。

もの思ひ今日は忘れて休む日に　野水《やすい》（打越）
迎へせわしき殿《との》よりの文《ふみ》　去来（前句）

26 **去嫌**　類似の言葉が接近するのを「指合《さしあい》」というが、それを避けるための規定。ただし特に印象の強い句の場合、何句隔てても「遠輪廻《とおりんね》」といってこれを嫌う。

金鍔《きんつば》と人に呼ばるゝ身のやすさ　　　芭蕉（付句）

『猿蓑』（同前）所収の「灰汁桶の」四吟歌仙。*[27] 最初の二句一章は、宿下がりした愛妾が日ごろの物思いのつらさを忘れて休養している折に、殿様から参上をせかす恋文がくるといった付合です。*[28] つぎの二句一章は、殿の文を受けとる人物を君寵あつき武士へと見立てかえ、恋から離れます。愛妾への恋文を、配下の武士への催促状に取り成しているわけです。*[29]〈金鍔〉とは武家のみに許された金製の鍔のことで、伊達風俗のひとつ。ここでは身分の安定したお武家様のニックネームと思われます。

よって真ん中の前句は、打越との二句一章では恋句ですが、付句との二句一章では恋句でなくなります。このように前句が恋の座からズレるのを「恋離れ」というのです。初心のうちは「恋離れ」に失恋の句を出してしまいがちですが、それでは前句を恋から離すことはできません。失恋もまた〈さまぐ〳〵に品かはりたる恋〉のひとつですから。

ところで〈金鍔〉様というのは悪所（遊郭・芝居町）における替え名（異名）でもありました。西鶴『大句数』（同前）に〈金鍔をさすこしの白

27　去来・凡兆に同門の岡田野水が一座。

28　〈もの思ひ〉〈文〉は恋の詞。「宿下がり」を「藪入り」ととれば冬か。

29　〈文〉という恋の詞を雑の詞に取り成す。

山／なびかする御物上がりの松之丞〉、〈御物上がりは覚悟の前髪／金鍔に心底通す暮の月〉の付合があります。〈御物上がり〉とは主君の寵愛を受けた小姓上がりの美少年をさし、傍線のとおり〈金鍔〉に付きます。[*30] つまり西鶴がよく使う男色の恋の詞を、芭蕉は恋離れに使ったことになるのです。好対照ですね。

　では西鶴は男色の付合からどう「恋離れ」したのでしょうか。

金鍔に心底通す暮の月　（打越）
　峯の八重霧立ち役をして　（前句）
仏法の秋は繁昌知恩院　（付句）

『大句数』（同前）第十巻目の百韻。

　はじめの二句一章は、兄分の〈金鍔〉に対して男色の誓いを立て通すうち、月が暮れるように年月がたち、若衆方（前髪の美少年役）だった峯野《みねの》小瀑《こざらし》[*31]は幾重にも立つ霧の舞台で、いまは立ち役（成人の男役）をしている、というネガティヴな付合です。

　つぎの二句一章は、立ち役としても人気を博す峯野小瀑が幾重にも立つ

30 金鍔は男色関係の兄分（念者《ねんじゃ》）、御物上がりはその弟分（若衆）。

31 峯野小瀑は『大矢数』にも一座した帆舟《はんしゅう》（俳号）。「峯野」を霧に言いかけて秋。なお西鶴は『男色大鑑《なんしょくおおかがみ》』（貞享四年・一六八七）で盛りをすぎた若衆らが立ち役などになる顛末を嘆いている。

霧のように木戸銭を稼ぐ頃、秋彼岸で賑わう知恩院もまた繁昌している、[*32]といったポジティヴな付合です。

〈知れぬ世や釈迦の死に跡に金がある〉（延宝八年・一六八〇）と発句でも世帯仏法を詠んだ西鶴らしい「恋離れ」といっていいでしょう。

V 月の座リミックス

ここで月の座について解説します。周知のように、たんに「月」といえば秋。とはいえ二花三月のうち秋の月が一句あれば、あとは他季の月でもかまいません。前述の場の恋〈冷や麦二桶明け易き月〉は夏月の句でもありましたね。[*33]

ところで月花を含む同季の去嫌は統一されており、五句隔てる「五句去り」を原則とします。月は最終連を除く各連（面）に配されていますから、とくに去嫌に留意する必要はありません。注意しなければならないのは句数で、夏・冬の平句は一〜三句ですが、春・秋の平句は三〜五句を原則とします。[*34]したがって極端な話、夏・冬の月は一句だけで詠み捨てることが可能[*35]ですが、春・秋の月は前後あわせて三〜五句、同季を詠む必要が生じ

32 江戸初期、浄土宗徒・徳川家康の保護をうけ、知恩院は勢力をひろげた。

33 月はムーンのこと。マンスは「月次《つきなみ》の月」といって月の座には認めない。

34 春・秋は賞玩すべき景物が多いためといわれている。

35『冬の日』（後述）第二歌仙ウラ八句目、坪井杜国《とこく》の夏月〈月は遅かれ牡丹盗人《ぬすびと》〉は一句捨て。このように季重ねによって他季の月とするケースは多い。

ます。この場合「季戻り」にも注意が必要ですね。

前出の発句〈菜の花や月は東に日は西に〉は、表（第一連）五句目の月の先取りです。これを「引き上げる」といいます。ぎゃくに定座を先送りするのを「こぼす」といいますが、月はこぼせても、花はこぼせません。[*36]

また春季発句の場合、第三まで春で、月や花を引き上げることもできます。おなじく秋季発句の場合も第三まで秋ですが、この中に月をかならず引き上げなければなりません。というのも月のないのを「素秋《すあき》」といって忌み嫌うからです。同様に花のないのを「素春《すはる》」といいますが、これは許容します。

そろそろ作品例をあげますが、連句にかぎらず、近世文芸の「月」を読む場合、その明るさに留意しなければなりません。現代の街灯、ネオン、自動車、コンビニなどの光はいわずもがな、大気汚染もない時代なのです。

たとえば蕪村はこんな付合をしています。

此の頃の酒の歯にしむ旅ぞ憂き　樗良（打越）
　尾花がもとの石に火を打つ　几董（前句）
山賊《やまだち》の月夜に塚をあばくらん　蕪村（付句）

36　裏（第二連）の月を花の座までこぼし、月花を重ねて春季にあつかう例あり。〈月と花比《ひ》良《ら》の高嶺《たかね》を北にして〉（『あら野』）。〈有明に遅るゝ花のたてあひて〉（『続猿蓑』）はともに芭蕉。

『此ほとり』（安永二年・一七七三）所収の「恋々と」四吟歌仙。[37]
はじめの二句一章は、このごろの酒が歯にしみる老齢の、その旅の憂さ晴らしに、尾花が広がるなか、火打石で煙草火をもとめる体です。[38]つぎの二句一章では、荒野の石に鍬を打ちつけて火花が散る、と前句を見立てかえ、[39]月夜に暗躍する墓泥棒を演出しています。塚（土葬の墓）を盗掘するのに、周囲をあまねく照らす月の光を頼りとしたのでしょう。市中《まちなか》の盗人ならば〈月は遅かれ牡丹盗人〉（脚注前出）のように月光を厭うはずですから。
時代はやや下りますが、一茶も市井の俳諧師らしく月の明るさを愛でています。[40]

泰平と天下の菊が咲きたちて　一瓢《いっぺう》（打越）
三百店《さんびゃくだな》もわが月夜かな　一茶（前句）
うそ寒の腰かけ将棋覗くらん　一瓢（付句）

『俳諧西歌仙』（文化十三年・一八一六）所収「鳶ひよろ」両吟半歌仙。

37　蕪村らが病床の嵐山《らんざん》を見舞った際の四歌仙の第三巻。
38　〈此の頃の酒〉を今年酒ととれば秋か。〈尾花〉は薄で秋。
39　〈石〉という字を埋もれた岩石に取り成す。
40　裏（第二連）八句目の月なので短句。

この三句の渡りについては、すでにある講演会[*41]でつぶさにふれたことがあるので、それを以下に抜粋しておきます。

〈「泰平と天下の菊が咲きたちて」。これは「菊」で秋ですけれども、自然のなか、ちょっとした山道とかに野菊が咲いている。そういう風景を天下泰平というふうに見なしてるんです。そういう菊が咲いている自足感というんでしょうか。自然界に対する満足感みたいなもの、それを次に町なかへもってきて、「三百店もわが月夜かな[*42]」。これは一茶本人の付句なんですけれども、江戸落語なんかに出てくるように、「九尺二間の裏長屋」という言葉がございます。落語が好きな方はご存じだと思うんですけれども、だいたい間口が九尺というと、二・七メートルぐらいですよね。二間というのは奥行きですけれども、約三・六メートル。今でいえばワンルーム……です（笑）。要するにそれぐらいのスペースで、三百文、月一万円ぐらいの店賃《たなちん》。銀に換算すると五匁《もんめ》ぐらいで、銭だとだいたい三百文。

そんな格安ルームで月見をしているんですね。けど電気もなく、大気も澄んでた時代です。月はひときわ美しかったでしょう。野菊が咲きたつことにも満足だし、ワンルームでも自分の月が眺められるというのは、これ

41　講演録「連句ブームと江戸ブーム――長屋的共生をめぐって」（二〇〇八年八月十日・川崎市国際交流センター）、初出『鬼』第二十二号（同年十一月）。

42　〈かな〉は切字ではなく、詠嘆の助詞。

また捨てがたいというような、そういう自足感をあらわしているわけです。

それに対して、今度は自然界から人事のほうへさらに進んで、「うそ寒の腰かけ将棋覗くらん」と付くんですね。この前後の句の作者・一瓢《いっぴょう》さんというのは江戸谷中の本行寺《ほんぎょう》、そこのご住職だったそうです。一茶はよくいろんなところに寄宿するので、長屋はもちろんですけれども、お寺さんへもかなり世話になっていたみたいですね。そこで両吟つまりご住職と二人で連句をやってるんです。

付句は「うそ寒」で秋。「腰かけ将棋」は要するに縁台将棋。月明かりを頼りに縁台でやっている将棋を立ち見しようと、裏長屋の生活の一コマで。だからこれは打越の、田舎の菊が咲きたっている山道から、裏通りの縁台将棋の場面に転じているということになるんです。まるで映画のモンタージュみたいな場面転換ですね。〉

寺田寅彦[*43]が「映画芸術」(『日本文学』一九三二年)で指摘しているように、エイゼンシュテインのモンタージュは発句の取合せのみならず、連句の付合にも通底するわけです。

さてこの講演録では、蕉門歌仙の月の座も取りあげていました。

43 **寺田寅彦**(一八七八～一九三五)物理学者にしてレンキスト。優れた近代連句論を残した(俳クリティークⅢ「攝津幸彦の場合」後註4参照)。

仲良くて傍輩合《はうばいあひ》の借りいらゐ（ひ）　野坡《やば》（打越）
　壁をたゝきて寝せぬ夕月　芭蕉（前句）
風やみて秋の鷗の尻さがり　利牛《りぎう》（付句）

「軽み」の代表作『炭俵』（元禄七年・一六九四）所収「振売の」四吟歌仙。[*44] また講演録を抜粋します。

〈野坡は越後屋両替店の手代で、今なら三井銀行の中間管理職。それなりの要職についていたわけですが、『炭俵』は庶民生活を積極的に扱った「軽み」ということで、長屋住まいを連想させる句が多いんですよね。「仲良くて傍輩合の借りいらゐ（ひ）」。「傍輩合」というのは親しい友人付き合いです。「借りいらゐ（ひ）」というのは借り貸しをすること。仲間づきあいで気安くお金の貸し借りをするということです。

「壁をたゝきて寝せぬ夕月」……なんかとんでもない句なんですけれども（笑）、要するに長屋同士ですから、壁をたたいて「金を貸してくれ」って安眠妨害ですね。古川柳にも近いのがあって、「椀と箸持つて来やれ

44『炭俵』は門弟の野坡・利牛・孤屋《こおく》による編。

と壁をぶち」[*45]なんてのがあったりします。だから芭蕉もけっこう川柳のルーツになるような平句を詠んでるんですね。西鶴と同時代、やっぱり芭蕉も談林をくぐってきていますから。

つぎに利牛という作者が出てきますけれども、これも野坡と一緒で越後屋の手代だった人です。その人が今度は、これまでの屋内の人情句を転じて、屋外の叙景句として「風やみて秋の鷗の尻さがり」と詠みます。いわゆる都鳥です。例の『伊勢物語』で都鳥が出てきますよね。今でいえば秋に渡来するユリカモメ。それが潮が引いて、後ずさりしている。「尻さがり」というのは、前を向いたまま後しざりしていくということですね。それを描写した句です。風がやんで、潮が引いていって、秋の鷗が後ろへ、後ろへと下がっていく。壁をたたかれた隣人の気持ちも引いていく（笑）。そんな感じの付け味です。だからこれは要するに「場」の転じなんですよね。屋内から屋外に出て、人情を消すという、そういう転じ方です。〉

打越の野坡が名残の表（第三連）十一句目の定座をこぼしたので、つぎの芭蕉が連（面）ラスト（折端《おりはし》[*46]）の短句で軽く「月」を詠みこんだケースです。意味的には〈壁をたゝきて寝せぬ夕暮〉でよいところに「月」の一

45『誹風柳多留』三（明和五年・一七六八）。

46 **折端**　「おっぱし」ともいう。

字を投げ込んだもので「投げ込みの月」[*47]といいます。さすが芭蕉ですね。

Ⅵ　花の座リミックス

さきに一茶の〈三百店もわが月夜かな〉という数詞による月の秀吟をみましたが、花の座でも一茶らしく数詞がいかされています。

傘張《かさはり》と隣合《となりあは》せの仮住居《かりずまひ》　士英《しえい》（打越）
鉄棒《かなばう》がらり〳〵のどけき　柏葉《はくえふ》（前句）
一本《いつぽん》の花も日に〳〵客とれて　一茶（付句）

文政元年（一八一八）興行の「小男鹿や」四吟歌仙（明治期写本『茶翁聯句集』所収）。つづいて講演録をひきます。

〈「傘張と隣合せの仮住居」、やはり場末の裏長屋です。この作者の士英という人は一茶門で酒屋、酒問屋の主です。いわゆる名士も務めた名士だったようで、身分が高い人ですね。それが時代劇でお馴染の傘張り浪人を

47 花の定座はこぼせないため「投げ込みの花」もある。また本書「破」の部で紹介する新連句形式「オン座六句」では「投げ込みの石」「投げ込みの氷」がある。

詠んでる。棟割り長屋のその壁隣では、浪人が夜なべをして傘の骨に紙をはってるわけです。

つぎの柏葉という人、職や身分はわからないんですけれども、長野・長沼[*48]の俳人といわれています。で、「鉄棒がらり〳〵のどけき」と付けます。「のどけき」春、夜回りの鉄棒の音が響いてくる。防犯のため鉄棒の頭部に金輪をつけ、引き鳴らしたり、突き鳴らしたり。これは要するに壁隣に傘張職人がいるという屋内の場面、そこから夜警の人が鉄棒を鳴らす屋外への転じです。ただ鉄棒というのは「鉄棒引き」ともいって、鉄棒を鳴らす夜警をさすだけじゃなくって、近隣の噂を大げさに言いふらす人もさすんですね。

さっきは「椀と箸持つて来やれと壁をぶち」という古川柳を紹介しましたけれども、ほかにも「鉄棒の多い長屋のやかましさ」という川柳があります。ここでの「鉄棒」というのは噂好きな人をさす比喩、喩えです。噂好きの多い長屋のやかましさという、そういう古川柳なんで。だから「鉄棒がらり〳〵のどけき」、一応これは聴覚表現メインの「場」の句と思われますけれども、「鉄棒」にはちょっとそういう人情的なものも比喩として掛けてあるかなという気もします。薄い人情句、薄人情《うすにんじょう》[*49]かもしれません。

48 長沼は一茶門が多く、重要な活動拠点であった。

49 **薄人情** 前項Ⅸ節参照。

一茶はそんな「のどけき」薄人情に応じ、「一本の花も日に〳〵客とれて」と詠んでいる。「がらり〳〵」のリフレインを「日に〳〵」と受け、[50]一本の名木の、その桜の花見時を付けてるんです。だから前句の鉄棒を夜回りじゃなくって、日ごとに客が増える花見会場、そこの見回りの鉄棒に見かえてるんですね。

あと、ここは名残の裏の定座で、挙句前ですから、「匂いの花」といって昔はお香を焚いて神様に感謝したんですね。首尾よく連句を巻けることへのお礼です。今では寺社に奉納するような正式《しょうしき》興行でなければ焚きませんが「匂いの花」という言葉は残っています。一茶もお香を焚いたかどうか実際はわかりませんが、「匂いの花」を意識して句を詠んだことは確かでしょう。

それに関連してもう一つ言うと、この花の句、意味としては「一本の桜も日に〳〵客とれて」でいいわけですが、花の座では美のシンボルとしての「花」という言葉を使わなくちゃいけないんですね。つまり「桜吹雪」と「花吹雪」は意味としてはおんなじだけれども、シンボリックな言葉として「花吹雪」にしなきゃいけないってわけです。「花」は神の憑代《よりしろ》でもありますから。〉

50 「拍子」の付け。

花の定座に詠めるものを「正花《しょうか》」といいます。「桜花」「梅花」「菊花」等は植物の種類をさす言葉ですから正花にはなりません。けれどシンボリックに名づけられた「花氷（夏）」「花灯籠（秋）」「帰り花（冬）」などは他季の正花になります。また「花言葉」「花鰹」といった雑の正花、「花嫁」「花婿」といった恋の正花もあります。

とはいえ、昔も今も花の座といえば「桜」を意味する「花」、つまり春のシンボルとしての「花」が圧倒的に多いのは否めません。そこで裏（第二連）十一句目の定座には固有の問題が生じます。それは八句目（月の出所）から秋季にはいった場合（秋の句数は三句以上ですから）十句目まで秋がつづき、雑の句をはさまずに春の「花」へと季節を転換する必要がおこるのです。これを「季移り」といって初心者にはハードルの高い難所となります。*51 また芭蕉のお手本をみてみましょう。

秋風の船をこはがる波の音　曲水《きょくすい》（打越）
雁《かり》ゆくかたや白子《しろこ》若松　芭蕉（前句）
千部《せんぶ》読む花の盛りの一身田《いしんでん》　珍碩《ちんせき》（付句）

51　名残の裏（第四連）の月は省略されているため問題がない。

『ひさご』（元禄三年・一六九〇）所収「木のもとに」三吟歌仙。[52]

この打越のさらに前の句（大打越）が裏（第二連）八句目で月、ということで〈秋風の船〉は月見船と解せます。船端をたたく、その波音をこわがる船客。前句はそれを参宮客と見立て、伊勢湾に面した伊勢参宮道の白子・若松（地名）方面へ雁がゆくのか[53]、と船からの眺めを詠んでいます。この二句一章では「来る雁」で秋の付合。それを次の二句一章では「帰る雁」に見立てかえ、春の付合へと転じます。折からの花盛り、近くの一身田（地名）の寺では千部会[54]が執り行われているのです。これを位置関係でみると南から北へ一里（約四km）ずつ一身田・白子・若松となります。付句の〈一身田〉から前句の〈白子若松〉を望めば帰鴈《きがん》（春）、逆ならば来る雁（秋）。じつは「雁」の字を帰鴈の意味に取り成しての「季移り」は常套手段[55]なのですが、名所の対《たい》付け[56]による転じは、蕉門ならではの冴えをみせているといっていいでしょう。偶然ではありますが、この花の句の数詞も効果的ですね。

52 曲水（のち曲翠）と珍碩（のち洒堂《しゃどう》）は門弟。

53 〈や〉は助詞。

54 **千部会** 同じ経千部を千人の僧で読む法会。一人で千部読むことも。また百人で十日読むことも。

55 霞（春）を夏霞に取り成しての「季移り」は本書「急」の部「西鶴独吟の読み方」参照。

56 **対付け** 「ついづけ」ともいう対句仕立ての付け。人情他の対付けは向《むかい》付けという。

Ⅶ　挙句リミックス

すでに前項でふれたことですが、「出勝《でがち》」という付合の方法があります。いわゆる競い付けのことで、レンキストみんなで競って付句を捌に提出し、その判断をあおぐわけですが、治《じ》定《じょう》（決定）された句以外は、すべて消えることになります。「膝送り」の場合は、順番のまわってきたレンキストのみが何句か出句し、捌の判断に委ねるわけですが、その場合でも、治定された句以外すべて消えることにかわりはありません。

これは「急」の部「西鶴独吟の基準」で詳述しますが、「翁直しの一巻」に興味深いエピソードがあります。曾良の前句〈銀の小鍋《こなべ》にいだす芹焼《せりやき》〉*[57]に付ける場面で、「〈手枕《てまくら》〉移りよし」と〈手枕〉の二字を芭蕉が提示し、北枝とともに案じあった句がいくつか残されているのです。「移り」とは余韻・余情によって付ける匂付け（広義）にほぼ相当するものです。また前述のとおり匂付けには「位」というのもあります。前句の品格や素材につりあった付句をすることで、ここでいうと〈銀の小鍋〉*[58]の気品を損ねないよう、〈手枕〉を詠む必要が生じます。たぶん富裕な町人層と身分を見定めれば間違いないでしょうが。

57　**芹焼**　芹と雉・鴨などを煮た鍋料理。芹は春季。

58　銀製は豪奢。

で芭蕉は捌き手として自句〈手枕にしとねのほこり打ち払ひ〉に治定します。手枕のまま座布団の塵をかるく払っている体で、「移り」も「位」も申し分ありません。とはいっても、この段階での付句は偶然の一句にすぎません。なぜなら、まだ次の句が付いていない以上、他の北枝や芭蕉の句案に入れ替えることが可能だからです。

付けの良し悪しとはべつに、前句と付句の二句一章は偶然の産物です。しかしそこに新たな北枝の付句〈美しかれと覗く覆面[*59]〉が、これまた偶然に治定された途端、事態は一変します。つまり新たな偶然によって、直前の偶然が必然化されるのです。〈美しかれと覗く覆面〉という偶然の恋句が〈手枕にしとねのほこり打ち払ひ〉を「恋の呼び出し」として必然化してしまうのです。

銀の小鍋にいだす芹焼　　　（前句）
手枕にしとねのほこり打ち払ひ　　　（付句）
　←《偶然》　　　→《必然》
美しかれと覗く覆面　　　（新たな付句）

59 覆面をした女性（私娼など）が訪れる場面を配したものか。

このように偶然を必然に転化するのもまた「三句の渡り」の一つの重要な側面であるといえます。けれど偶然（付句）は限りなく可能です。必然化しても必然化しても付句は限りがありません。西鶴の一昼夜で二万三五〇〇句（百韻二三五巻）独吟というギネス的記録がよい例です。しかし逆からいえば、あの西鶴でさえ有限であったのです。生身の人間であるからには、やはり限度があります。とりあえず切りあげなければなりません。なので、そのための方便として挙句があるのです。『三冊子』でもこういわれています。

「挙句は付かざるよし」と古説あり。今一句になりて、一座興《きよう》さむるゆゑなり。また「かねて案じ置く」ともいへり。

座の文芸として最後に興をそがぬための伝統的な知恵がうかがえますが、それにしても、〈付かざるよし〉（付かない句でよい）といい〈かねて案じ置く〉（あらかじめ考えておく）[*60]といい、そこにはもう、これまで述べてきた「三句の転じ」という連句的要請は全くありません。つまり、方便としての終りの符号《サイン》なのです。もとよりサインはあくまでもサインであって、

60 孕句《はらみく》という。

それ以下でも、またそれ以上でもありません。かりそめのエンドマークであれば、それでよいのです。いわば「仮の終止符」のわけですが、これを一巻の見渡しからすれば、連句の無限性を「序破急」という美学でくるための方便ともいえるでしょう。

では具体例として、さきの一茶の花のつづきをみてみましょう。

鉄棒がらり〱のどけき　柏葉（打越・花前）
一本の花も日に〱客とれて　一茶（前句・匂いの花）
ふくら雀も踊れ陽炎《かげろふ》　士英（付句・挙句）

当時〈ふくら雀[*61]〉はまだ冬の季語として一般化しておらず、ここは伝統的季題〈陽炎〉で春ととるべきでしょう。そうすると花・挙句の二句一章は花前・花の二句一章に同じく、花咲き、陽炎燃ゆるのどかな春景となります。その意味では「観音開き」つまり「三句がらみ」の展開ですが、挙句はこれでよいのです。匂いの花をうけ、めでたき終結感さえあれば十分なのです。

したがって挙句に関する式目・作法はそれほど気にすることはありませ

61 **ふくら雀**　寒中、全身の毛を膨らませた雀。家紋や着物柄になっている。

ん。たとえば挙句は発句作者が詠むべからずとか、発句・脇の言葉を使うべからずとかいいます。しかし本項Ⅱ節でひいた几董の第三〈渡し舟酒債《さかて》貧しく春暮れて〉のプレテクスト（脚注前出）は其角・芭蕉による発句・脇を花・挙句で変奏した果敢な実験例だったのです。比較のため、一行書きで列記してみましょう。

詩《し》商人《あきんど》年を貪ル酒債《さかて》かな　其角／冬湖《とうこ》日暮れて駕レ馬《ウマニノスル》鯉《こひ》　芭蕉（発句／脇）
詩商人花[*62]を貪ル酒債かな　其角／春湖《しゆんこ》日暮れて駕レ興《キヨウニノル》吟　芭蕉（花／挙句）
『虚栗』（天和三年・一六八三）

そういえば『虚栗』の翌年に刊行された『冬の日』五歌仙では、第一巻の発句・脇を最終巻の挙句がタンキング（短句化）していました。やはり列記してみましょう。

狂句こがらしの身は竹斎に似たる哉《かな》　芭蕉／たそやとばしる笠の山茶花　野水（発句／脇）
山茶花匂ふ笠のこがらし[*63]　うりつ（挙句）

62「投げ込みの花」的な変奏。

63〈山茶花〉と〈こがらし〉は確信犯的な冬の季重ね。

また、もし匂いの花を引き上げたとしても、挙句まで春を続けるべし、ともいいます。しかし雑の挙句でも、めでたき終結感さえあれば問題はないといっていいでしょう。蕪村らの作例をあげます。

花不言《ものいはず》 春深き神　　几董（花）
人老いぬ人また我を老《らう》と呼ぶ　　蕪村（雑）
泥に尾を引く亀のやすさよ　　樗良（挙句）

『此ほとり』（同前）所収の「白菊に」四吟歌仙。[*64]

さきに「花」は神の憑代で、「匂いの花」で香を焚くのは神の加護への謝意であるとふれました。定座を一句引き上げた几董の花の短句はそのことをそのまま詠んだような作品です。「春深し」という伝統的季題を「花」にあえて重ねているのもそのためでしょう。いっぽう蕪村の句は老いの述懐ですが、匂いの花を受け、仙人のような余裕が感じられます。同年代の友人もみな年をとり、たがいに老人呼ばわりする無欲さ、老境のやすらぎ。それを挙句は『荘子』の故事でうけています。[*65] 仕官を求められた荘子が「占いの亀[*66]として殺されるより、生きて泥中に尾を曳いた方がよい」と

64 四歌仙の第二巻。
65 故事付けという。
66 古代中国の占いの方法。亀の甲を焼き、その裂け方で吉凶を判じた。亀卜《きぼく》という。

固辞し、清貧の生活を選んだという故事なのです。雑（無季）ながら、めでたき終結感は否定しようがありませんね。

ちなみにこの「曳尾《えいび》」の故事から加藤曳尾庵と名のった江戸後期（一茶と同年）の俳諧師がいました。筆者がそれを知ったのは新潮日本古典集成『東海道四谷怪談』（一九八一年）の頭注なのですが、なぜかルビが「えいりあん」となっていました。以後、「曳尾庵璞」と号を記し、「エイリアン・ハク」と名のっている次第。呵々。

Ⅷ 親句のすゝめ

前句と意味的に付きすぎているベタ付けを親句《しんく》、余韻・余情をもってほどよく距離をおくのを疎句《そく》といいます。変化が命の連句は親句・疎句をバランスよく配置しなければなりません。けれど初心のうちはどうしても親句ばかり付けてしまい、なかなか捌の治定を得られず、苦吟しがちです。それを避ける方法の一つを支考がこう伝えています――〈付合は趣向をさだむべし。その趣向といふは、一字二字三字には過ぐべからず。是を執中《しっちゅう》の法といふなり〉（『芭蕉翁二十五箇条』*67（享保二十一年・一七三六））。要

67『二十五条』とも。芭蕉に仮託した支考の説か。

は前句の付所《つけどころ》を三字以内で案出する付合技法で、「執中《しっちゅう》の法」とされています。さきの芭蕉の「〈手枕〉移りよし」などはそのルーツかもしれませんが、それは俳聖だからできるワザ、われわれ一般人にはムリ、と思われる向きも多いことでしょう。そこで最後にとっておきの口伝を紹介しておきます。

これは筆者が初心の頃、とある連句グループの座でよく耳にしたことなのですが、いちど付けた自分の句をすぐ出句せず、その自句にもう一度、自ら句を付けるという方法です。前項Ⅸ節でふれた「たけくらべ」ではありませんが、自分の長句に長句を、短句なら短句をさらに付けてみるのです。芭蕉のようにすぐに〈手枕〉が思いつかなくても、〈銀の小鍋〉から富裕層の宴会後の景を連想することはできるはずです。まずそれをベタで付けてみる。おぼろげながらでも〈手枕〉の人物像が浮かんできたらしめたものです。そのベタ付けに、さらに句を付け、徐々に前句との距離をとっていく。

恥をしのんで下手な親句を加え、図示してみましょう。

銀の小鍋にいだす芹焼

←《親句》

宴《うたげ》果てうたゝ寝したるお大尽

←《親句》

座布団のほこりが少し気になつて

←《親句》

手枕にしとね*68のほこり打ち払ひ

《疎句》

この親句・疎句図のようにうまくいかない時は、さらに自句に自句を重ねるほかありません。ボクシングでいえば、いきなりラッキーパンチをねらうのではなく、つねにジャブ（親句）を打ち続けることが、アッパーやフックの有効打（疎句）をうむ近道となるはずです。

68 褥《しとね》は座布団の古語

参考文献――文中に掲げなかったもの（刊行順）

【入門書】
『連句読本』井本農一・今泉準一（大修館書店）一九八二年
『連句辞典』東明雅ほか（東京堂出版）一九八六年
『新版 連句への招待』乾裕幸・白石悌三（和泉書院）一九八九年
『俳文学大辞典』尾形仂ほか（角川書店）一九九五年
『現代俳句ハンドブック』復本一郎ほか（雄山閣出版）一九九五年
『「超」連句入門』浅沼璞（東京文献センター）二〇〇〇年

【註釈書】
『俳諧註釈集　下巻』佐々醒雪ほか（博文館）一九一三年
『定本西鶴全集　第十巻』野間光辰ほか（中央公論社）一九五四年
日本古典文学大系『謡曲集　上』（岩波書店）一九六〇年
『校本芭蕉全集　第七巻』井本農一ほか（角川書店）一九六六年
『定本西鶴全集　第十一巻下』野間光辰ほか（中央公論社）一九七五年
『芭蕉連句抄　第七篇』阿部正美（明治書院）一九八一年
『詩歌日本の叙情〈7〉歌仙の世界』尾形仂（講談社）一九八六年
『西鶴俳諧集』乾裕幸（桜楓社）一九八七年
『一茶大事典』矢羽勝幸（大修館書店）一九九三年

『一茶とその周辺』丸山一彦（花神社）二〇〇〇年
『蕪村全集　第二巻』丸山一彦ほか（講談社）二〇〇一年
新編日本古典文学全集『連歌集 俳諧集』暉峻康隆ほか（小学館）二〇〇一年
『西鶴連句注釈』前田金五郎（勉誠出版）二〇〇三年
『宗因全集　第三巻』石川真弘ほか（八木書店）二〇〇四年
新日本古典文学大系『芭蕉七部集』『元禄俳諧集』『天明俳諧集』等（岩波書店）

〈俳クリティークⅠ〉

滑稽と写実

発句の位／平句の位

Ⅰ

二〇〇二年末から翌年にかけ、とある俳句のプレテクスト問題が、そこここで取り沙汰された。

いきいきと死んでゐるなり水中花
いきいきと死んでをるなり兜虫

このように「兜虫」の句が、「水中花」の句（櫂未知子）をプレテクスト（引用源）としたわけである。その是非をめぐって、某評者はロラン・バルトの「引用の織物」にふれ、べつの評者はベートーヴェンの変奏曲を語った。そんななかで最初に私の興味をひいたのは、『マーノ』八号（二〇〇二年十月）の樋口由紀子「句を歩く」である。そこで樋口は、たんに事の是非を問うのではなく、俳人と川柳人の両句をめぐる「読みの差異」について批評していたのであった（すでに「兜虫」の作者がその句を某誌で抹消したことをうけ、樋口が作者名をいっさい記載していないこと、あわせて本稿もそれに倣ったことを付記しておく）。

私のまわりにいる川柳人にどちらの句が好きかと問うと、八割の人が「水中花」の方だと言う。しかし、伝統系の俳人の幾人かに聞くと、「兜虫」の俳句の評判はわるくなく、「これは写生句としてはうまい俳句ですよ」と教えられた。川柳人が「水中花」の句を好み、「兜虫」の句を好まないのはなぜか。ここを分析すれば、川柳人の句の読みの一端や特長《ママ》が見えるかもしれないと思った。

ここでいう〈伝統系の俳人〉には、たぶん「近代以降の」という註が付されるのであろう。つまり近世俳諧以来の〈伝統〉でないことは留意しておきたい。また樋口は、この引用文の直後に、括弧書きで〈対比をはっきりさせるために多少極端な書き方になる〉と述べている。これは批評を書く際、誰しも避けがたい側面であるから、あまり留意しないでおく。

〈俳クリティークⅠ〉

滑稽と写実

Ⅱ

さて、「兜虫」の句はなぜ川柳人に却下されるのか。まず樋口は、〈まっすぐに読めてしまうからであろう〉と説く。つまり〈ただ見て、ただ詠んだ、それだけの句〉であり、そこに「私」の意見が見えにくいというわけである。これに比して「水中花」の句には、〈本来生死のない「水中花」を「死んでゐる」と見た作者の目、作者の意見〉があると樋口はいう。そのぶん〈まっすぐに〉読めないわけだが、川柳人はそんな〈作者の意見〉に惹かれるという。〈概して自分との関係性のなかでモノを見て、感情移入してしまう〉川柳人の習性について樋口は言及している。「私」の意見が見えにくく、まっすぐに読めてしまう「兜虫」の句が却下される所以である。

このあと樋口の考察は川柳人の季語意識にまで踏みいっていくのだが、連句人《レンキスト》としての私の関心は〈まっすぐに読めてしまう〉か否かという比較論にとどまってしまう。そんな興味にさらに拍車をかけたのは、川名大による比較論である（『図書新聞』俳句コラム、二〇〇三年二月二十二日）。

川名はいう——〈両句とも静止としての「死」を「いきいきと」死んでいると、俳句独特のイローニッシュな発想・把握をし、俳意をうち出したことで佳句になっている。しかし、櫂の句のほうが元来生命なき水中花を生あるものとして二重に屈折させたぶん異化の深度が深い〉。それに対して「兜虫」の句は〈一重の屈折〉で、〈直ちには死相の現われない兜虫の特徴をとらえた佳句〉ながら、櫂のプレテクストを超えるような〈新鮮な異化には至っていないだろう〉と結語する。

〈まっすぐに読めてしまう〉か否か、〈作者の意見〉があるかないか、樋口が比較してみせた両句の屈折の度合を、川名は一重・二重というコトバで計っている。そういえば芭蕉の説を祖述した『三冊子』に、〈ひとへは平句の位〉とあった。〈ひとへ〉、つまり一重のことである。ここからアナロジックに、一重《ひとえ》の「兜虫」の句は(切れの浅い)平句の位であり、二重《ふたえ》の「水中花」の句は(切れの深い)発句の位であるといっていえなくはないだろう。いわんや「兜虫」の句の発生を鑑みるならば、より一層そう思われてならない。

「兜虫」の句は、もともと『俳句研究』(富士見書房、二〇〇二年九月)の競詠作品として、つぎのような前句とともに連作風に発表されたものであった。

水中花茎の針金すこし見え
いきいきと死んでをるなり兜虫

〔傍線・波線は浅沼〕

〈俳クリティークⅠ〉

滑稽と写実

前句に「水中花」とあるのは、もちろん偶然ではないだろう。このことに注目した俳人に堀本吟がいる（『子規新報』連載コラム、二〇〇三年四月）。

この二句について堀本は、プレテクスト（櫂の句）の世界の〈解体と新展開なのか〉と問題提起したうえで、〈こういう有季定型のしかも写生の方法を採る俳人の連作風の句作りには、俳句の言葉の可能性を探る心理として注目する〉と評価している。櫂の句とは〈別の角度から現在の言葉に参加していることを感じる〉というのだ。そして括弧書きではあるけれど、〈連句人浅沼璞ならば高柳重信の卓見を受け止めて「連句への潜在的意欲」、と言うところだ〉と付言している。

ここでいう重信の卓見とは、新興俳句の連作や無季俳句の実践が「連句への潜在的意欲」によるのではないか、という彼独自の推論である（「俳句形式における前衛と正統」一九七八年）。堀本の指摘のとおり、私は以前その推論を実証的に考察したことがあるのだが、[*1]確かにこの二句も、新興連作に同じく「連句への潜在的意欲」の顕現として読むことが充分可能のように思われる（堀本もまた「兜虫」の作者名にいっさいふれていないことを付記しておく）。

では二句の関連をつぶさにみてみよう。「水中花」から「いきいきと死んでをるなり」の水平的展開は、櫂の句をプレテクストとした詩的連想にほかならない（傍線部）。くわえて「針金↓兜」の俗語的連想まで見てとれる（波線部）。この詩的連想と俗語的連想とが垂直に連辞化された結果として、「兜虫」の句は一重の屈折をなしているのである。これは、雅語的「あしらい」と俗語的「あしらい」の連辞化によってナンセンスな無心所着体《むしんしよじやく》を生成する、かの談林俳諧とほぼ同質であるといっていい。

ここでいう「あしらい」とは、縁語や句意による付合技法のことである。この「あしらい」を殊のほか得意とした談林派の俳諧師に井原西鶴がいる。

無常の起る痃癖所　（前句）
すてぶちをうつては曇る月の駒　（付句）　『珍重集』（延宝六年・一六七八）

独吟百韻「烏賊の甲や」の巻における付合を引用してみた（傍線・波線は浅沼）。乾裕幸編『西鶴俳諧集』（桜楓社、一九八七年）によれば、付句「すてぶち」（捨鞭）とは〈駆け去る時、馬の尻を鞭打つこと〉で、「うつ」は前句「痃癖《けんぺき》所」（筋の凝る首肩の辺）に付くという。また付句「月の駒」は、歌語「望月の駒」を連想させながら〈月日の過ぎゆく速さのたとえ〉として前句「無常の起る」に付くという。つまり傍線部は雅語的「あしらい」であり、波線部は俗語的「あしらい」なのである。結果として付句は、垂直方向へ一重の屈折をなし、ナンセンスな無心所着体となる。

確認のため先の二句にとってかえそう。あの連作風の並びも、プレテクスト（櫂の句）による詩的連想と、「針金↓兜」の俗語的連想により、水平的な付合をなしていた。その結果「兜虫」の句は、垂直に一重の屈折をなし、写実的ながらもナンセンスな滑稽性を帯びたといえる（むろん作者はこのことに無自覚であったろう。でなければ「潜在的意欲」とはいえないのだから）。

このように極めて連句的な生成過程がみられる以上、「兜虫」の句が平句の位をなすのは当然の帰結であったと思われる。さらにいえば、座の共通認識（縁語や句意）を前提とする「あしらい」は無名性のつよい付合技法である。「兜虫」の句に「作者」の意見が見えにくいのも、したがって〈プレテクストを超えた新鮮な異化には至っていない〉（川名）のもまた当然であったといえよう。

ひるがえって前句との「あしらい」に拘束されない発句は、「作者」個人の表現意欲によって二重の屈折をなすことが可能だ。そこに「作者」の意見が見やすいのも故なしとしない。

しかしそれにしても、発句の位と目される「水中花」の句が、平句をルーツとする川柳ジャンルにおいて好まれ、反対に平句の位と目される「兜虫」の句が、発句をルーツとする俳句ジャンルにあって評価を得るのはどうしたことか。これもすでに旧著で考察したことではあるけれど、[*2]ルーツに拘束されない、それぞれのジャンルの「潜在的意欲」にこそ、その因をもとめたい。つまり俳句は平句性への、川柳は発句性への「潜在的意欲」を逆説的にもってしまうのだ。

もっとも、「兜虫」の句が俳人ウケするのはただその近代的写実性によるとみる向きも多かろう。けれど「潜在的意欲」をみとめる歴史的パースペクティヴからすれば、ことはそう単純ではない。「兜虫」の句が「あしらい」的技法による滑稽性をもちながら、同時に近代的写生派俳人の読みに堪えうる写実性をもっているということは、やはり歴史的な背景があるのである。先の西鶴独吟の付句にしても、「肩凝り」に「鞭を打つ」という滑稽な「あしらい」を契機としながら、その写実性は「鞭を打つや否やかき曇る月下の馬」を髣髴とさせる。

いわばこの滑稽義と写実義の両面価値こそ、じつは近世以来の俳諧的伝統にほかならなかった。このことは、筑紫磐井著『定型詩学の原理』（ふらんす堂、二〇〇一年）第二部第二章第二節「連歌誹諧形式」をひもとけば容易に知れる事実である。筑紫は、滑稽義と写実義のダブルスタンダード（二重基準）にこたえる先駆として、プレ談林派とも呼ぶべき松江重頼のエクリチュールに注目している。これついては次項を参照されたい。

1 『可能性としての連句』（ワイズ出版、一九九六年）及び『中層連句宣言』（北宋社、二〇〇〇年）。
2 『「超」連句入門』（東京文献センター、二〇〇〇年）。

〈俳クリティークⅠ〉

滑稽と写実

筑紫磐井『定型詩学の原理』評

筑紫磐井のこの大著（ふらんす堂、二〇〇一年）は、あらゆる定型詩を網羅するかに見えて、その実、独自な視点からトピックを選んでいるように思われる。ここでは第二部第二章第二節「連歌誹諧形式」をひもとくことによって、そのことを検証したい。

まず第一項「連歌区分」におけるトピックといえば、「二句一章の用語の誤り」という小題のもと、現行の俳句用語の誤りが糾されている部分であろう。連歌における〈句〉という概念が、長句ないし短句を示すことを考察したうえで、筑紫はこう書く。

〔……〕近代俳人が述べている一句を二つの部分に分けるべきという考えは「二物をならべて一に合するなり」（梵灯庵『長短抄』）「連歌一句にて心二に成候事」（宗祇『宗祇初心抄』）と述べられており、殊更近代に発生した新しい考え方ではない。これを紛れやすい〈2句1章〉というのは用いるべきでない。むしろ現在連歌研究者が、長句と短句の関係を〈2句1章〉と言っているのを支持するとともに、俳句作家の誤用に猛省を促したい。

〈俳クリティークⅠ〉

滑稽と写実

ここには筑紫の、その現代俳人としての批評意識が明らかにはたらいていよう。トピックをえらぶ独自の視点は、どうやら「俳句作家としての批評意識」に端を発しているようだ。

このあと、さまざまな連歌の式目（ルール）を網羅しながらも、〈このような約束以上に注意したいのは〉と視点を転じ、〈短歌から連歌へ移る過程で独立した五七五の言語空間でこれに相応しいエクリチュールが散発的に発生していること〉に注目していく。連句人《レンキスト》でもある私などは、やはり式目に拘泥してしまう。けれど生粋の俳句作家・筑紫磐井は、〈五七五の言語空間に相応しいエクリチュール〉をトピックとして選ぶ。

まず〈秋の夕暮〉が〈秋の暮〉に圧縮され、定着していったこと。ついで多文節構成や切字による句の独立。さらには先の〈二句一章〉ならぬ〈二物一句〉の登場。いずれも近代俳句に直結するトピックといっていい。

では、第二項「誹諧区分」はどうか。筑紫がここで俳諧（芭蕉以後の用語）ではなく誹諧（芭蕉以前からの用語）を用いていること自体、すでにトピックであろう。これにはそれなりの根拠が見込まれる。

いうまでもなく誹諧は、連歌と同一の形式をもつ。したがって「定型詩学」を標榜する本書において、誹諧をとりあげるには、筑紫になにがしかのモチーフがなければならない。そのモチーフと「誹諧」という表記は、じつは深い関係にある。

一般に、連歌と誹諧との差異を決定付けるものとして、俳言《はいごん》（俗語・漢語）もしくは滑稽性の有無があげられる。けれど筑紫は、すでに「連歌区分」において地下《じげ》連歌の滑稽性について言及ずみである（花の下連歌と矢数俳諧のアナロジーなど）。いきおい残りの俳言が取り沙汰されることとなるが、ここで筑紫ならではの視点がいかされる。それは、芭蕉でも蕪村でもなく、松江重頼のエクリチュールへとおよんでいく。芭蕉以前の用語「誹諧」が使われる所以であり、「誹諧区分」が措定される所以でもある。

謡曲のパロディに代表される重頼のエクリチュールは、評価の二重基準（ダブルスタンダード）にこたえるものだと筑紫は指摘する。つまり〈滑稽義〉と〈写実義〉の共存を重頼の誹諧に見出しているのだが、この両義性は、地下連歌の滑稽性を超出するとともに、蕉風以降の写実性をも先取りする。

周知のとおり、近代につながる写実の発生をさぐる場合、蕉風以降（とりわけ蕪村）に求めるのが通例だ。逆にいえばそれ以前の誹諧は、写実性の乏しい滑稽性の勝った詩形として説かれるのが一般である。

それを筑紫はくつがえした。近代俳句のルーツは、すでに芭蕉以前にあった――〈滑稽義〉の裏に〈写実義〉が潜んでいたのである。こんなトピックがまたとあろうか。連

滑稽と写実

歌の滑稽には見出せない俳言の写実性を、芭蕉以前の松江重頼の誹諧に探りあてたのだ。「俳句作家としての批評意識」おそるべし、といったところか。具体的に引用しよう。

巡礼の棒ばかり行く夏野哉　『藤枝集』（延宝二年・一六七四）

この句に関して筑紫は、二重の機能を発揮した重頼らしい傑作として、つぎのように述べている。

〔……〕本来は、長い棒を突いて歩く巡礼なので、草深い夏野の中を歩いてゆくと、人の姿は見えず棒の先ばかりしか見えない、という着想を興がって詠んだものと思われる。従って、夏野は草盛んに茂るという意味でも重要な言葉であった（滑稽義）。しかし、こうした滑稽味を忘れて素直に鑑賞したとき、写実的な風景としてもなかなか秀抜な句として読むことができる。その時の夏野は、意味的な面白さよりも、巡礼の置かれた状況を暗示する背景として強烈な季節感を提示するのであろう（写実義）。

俳句の、その実作者でなければ書けない部分にちがいない。[*1]

ちなみにこの二重基準は、そのまま西鶴の俳諧ひいては浮世草子へもつながっていく。かつて自然主義リアリストたちが西鶴の浮世草子を〈写実義〉だけでとらえようとして破綻した要因は、まさにここにあったといえよう。反対に西鶴の俳諧は、ともすれば〈滑稽義〉だけでとらえられがちである。筑紫の「俳句作家としての批評意識」は、その双方を衝いているといっていい。

冒頭のとおり、この大著は、あらゆる定型詩を網羅するかに見えて、じつは独自な視点からトピックを選んでおり、それを支えているのは、おそるべき「俳句作家としての批評意識」にほかならなかった。第二部第二章第二節「連歌誹諧形式」をひもといただけでも、そのことは十分にわかる。

1　後年、大輪靖宏もまた重頼の当該作品について〈ほのかなユーモア〉を指摘しつつ、〈芭蕉などの次世代につながる写実的な句〉として評価している（『なぜ芭蕉は至高の俳人なのか』祥伝社、二〇一四年）。

破

現代的連句鑑賞

一、学生とのオン座六句

――さくら草連句会二百回記念講演（於 浦和コミュニティーセンター二〇一四年九月十七日）

ご紹介にあずかりました浅沼璞です。よく間違えられまして浅沼ばくとか浅沼ぼくなどと呼ばれることがありますが、にごらないで「はく」です。

まずは昔のことを申し上げますと、「さくら草連句会」の小林しげとさんとは二十年位前の心敬忌の折にお会いしました。その時の心敬忌には東明雅先生もご存命で心敬の連歌について講演なさるとのことで私も聞きにまいりました。当日、小林しげとさんから「さくら草連句会」というのを起こして会報を作っているところだから何か書いてもらえないかという依頼を受けました。創刊号からご覧になっておられる方は分かると思いますが、たぶん二号か三号かに私の連句論が載っているはずです。よい機会をいただき、ここぞとばかり書いたモノで、我ながら良い文章が書けたなあと嬉しく思っています。で、私の二冊目の著書『中層連句宣言』にその評論を入れました。

あれから二十年ほど経って、本日は二百回とのことで、誠におめでとうございます。しかも、ここで記念講演をさせていただくことになり光栄と存じます。

しかしながらこの二十年、「学生との連句」に力を入れるばかりでなく、オン座六句の検証にも力を入れておりましたので、連句協会の催しにはなかなか顔を出せないでおりました。それが今回このようなかたちでお招きにあずかり、正直ちょっと意外ではありました。

本日は、先ほどご紹介いただきました私の教え子が出席しています。二川智南美さんです。今日は欠席ですが、宗祇白河紀行連句賞を受賞した宮崎綾さんとは同年代で、今年（二〇一四年）三月に日大芸術学部文芸学科を卒業しました。

私のゼミや連句実習等で、この代の学生はまとまりがあって、特に二川さんは熱心に連句をやってきましたし、卒業後もやっていきたいと言っておりますので、今後もよろしくお願い致します。

では、お手元の資料をご覧下さい（本項末、参照）。実作例のはじめのところにグループ名として「俳諧無心」と書いてあります。

先ほど「西鶴の研究者」として紹介いただきましたが、広くいえば談林俳諧全般を私は研究してまいりました。ご存知の方も多いと思いますが、無《む》心所着《しんしょじゃく》という談林の方法があります。いわゆる「詞付《ことばづ》け」という縁語をくっつけるやり方です。たとえば「梅」「鶯」という典型的な詞付けがあります。それに対して「悪所」に「遊女」をあしらうのもあります。前者は雅語に雅語を付け、後者は近世の俗語に俗語をあしらう方法です。談林俳諧ではこれら二つを合わせて付合をしました。

たとえば「廓に梅の香りたゞよふ」の前句に「鶯の声で太夫を口説きをり」と付ける。言葉として並行して梅と鶯、悪所に遊女が付けられる——四《よ》つ手《で》付けともいいます。こうして雅と俗のギャップをねらうのが「無心」の方法です。

芭蕉や其角も最初談林をやっていましたし、西鶴が一番顕著ですが、談林を研究するとおのずと無心所着にいきつきます。そこで「無心の会」という名をつけたのです。

お手元の資料の実作例・巻壱「雑巾きつく」は、去年の三月六日に今日出席の二川さんの代の学生を中心に巻いたオン座六句です。どこの貸し会場も一緒だと思いますが、午後は一時から五時までというのが普通です。そこへ俳句好きな学生もくるし、連句好きな卒業生もきますから、「無心の会」では最初の二時間を俳句会にしています。そのあと、句会での高点句に私が脇を付けて連句を巻くというパターンが多いんです。これから配布資料の巻壱、巻弐の解説をしたいのですが、その前にオン座六句の式目解説をしておかないと、「学生との連句」が語れません。

オン座六句そのものは、学生と連句をやる、その数年前に私が考えておりました。それが、渡りに船といいましょうか、学生と連句をやるのに好都合でした。

初めはどうしても連句をやろうというと「歌仙」になります。しかし、歌仙をやるとやはり「去嫌《さりきらい》」や「句数《くかず》」を守っていかねばなりません。さらに短句下七の韻律には「二五四三《にごしさん》」をタブー視するなど結構うるさいことがあります。それをいちいち注意しながら学生と連句を巻いていくと、十人いた受講者が翌週には五人になり、次の週は二、三人、最後は私と両吟となる（笑）ということを最初のうち経験しました。

大学の教師というのは、（この会場にも同業の方がおられると思いますが）学部・学科はどこであれ、教師一人一人は個人商店のようなものだという一面があります。専任であれ非常勤であれ、一国一城で専門科目の講義をし、単位を認定していくのですから、学生と連句をするのに、何も伝統にこだわって歌仙を無理強いすることはないな、とあるとき気づきました。

まずは、連句の楽しさを分かってもらわないことには連句を学ばせる意味もないわけです。そこで自分がやっているオン座六句でいこうと決心しました。オン座六句はもともと初心者を意識してつくった形式です。で、オン座六句を始めたところ、受講者数をある程度キープできるということが分かりました。結果論になりますが、学生のために妥協して式目を簡略化したのではありません。先に私が式目を簡略化したオン座六句という形式をつくっていて、伝統形式では学生が辛そうだから、たまたま自分がつくった形式をやってみたら、運よく受け入れられた……ということです。

ネーミングの「オン座六句」というのは洒落なわけです。まあ連句の形式名はすべて洒落です。「歌仙」は「三十六歌仙」からきていますし、「箙《えびら》」だってご存知のように矢を二十四本入れる武具です。四十四句の「世吉《よよし》」は世の中が吉だと言祝ぐわけです。オン座六句は六句のブロックを積み上げていきますから、「on the ~」と洒落たわけです。まあ、私がウイスキーのオン・ザ・ロックが好きだという洒落もあります。今はそれで身体を壊しまして反省し、最近は「水割り」にしていますが（笑）。

配布資料の「オン座六句・六箇条」をご覧ください。

――①一連六句を基本単位とし、やれるところまで連を継ぎ足す（序破急を鑑み、三連以上を理想とする）――

やろうと思えば十連でも二十連でもやれるという形式です。実際には一連六句を進めるのに（それなりに吟味して捌くと）一時間弱はかかりますから、連句協会の大会や国民文化祭の実作の場では大体三連が平均です。学生と巻くときは次の授業時にという機会もありますから、なるべく四連はやるようにしています。

オン座六句では三連巻けば「序破急」が完成されます。同じ十八句でも、半歌仙のように中途半端に「序破」で終わるようなこともなく巻くことができます。四連巻くと六×四＝二十四で箙と一緒になりますが、オン座六句では（後でお話ししますが）間に自由律の連を入れるところが違います。箙は形式そのものが「観音開き」のようになっているところがありますね。月・花・月・花を各面の五句目に持ってくるわけで、同じ二十四句を巻いていても割合に単調になってくるんです。そういう弊害がオン座六句にはないと思っています。

――②第一連は基本的に歌仙の表ぶりに則る（短句下七の四三調も第一連のみタブー）――

やはり、序破急をつくるにはある程度の規制が必要です。神祇・釈教・恋・無常・固有名詞などのタブーと、短句四三調の禁止を第一連だけは守ることにしています。逆に、二連以降は四三調もＯＫだし、歌仙と同じように他の題材をどんどん詠んでいくことになります〔本書巻末綴込みの改訂版では「発句以外は宗教・恋愛・述懐・病死・闘争・固有名詞など不可」と表ぶりについて明記した〕。

――③途中、自由律の連を任意に定め、長律句（二十音前後）と短律句（十音前後）を交互に付け合う――

これは当初、「定型を壊したいのか」なんて言われ、誤解を受けました。そうではなく、一巻のスタイルとして、初めに五七五と七七の長句・短句の定型の連があって、次に自由律の連があり、さらにまた定型の連に戻るわけです。これはやってみると韻律的な快感があるんですね。実際体験していただくと分かるはずなんですが。これまで連句協会の大会や国民文化祭の座で初めてオン座六句を体験してもらいますと、大概の方が面白いと言ってくださいます。

それは定型感が一度壊れて、あとでまた定型感を立て直すというところに面白さがあるようです。三連巻く場合は、一連で定型、二連で自由律、三連で定型に戻るのが効果的です。今回資料に示している学生との連句の場合は、一、二連が定型、三連で自由律、最後の四連で再び定型に戻します。ここにサスペンスがあるのです。韻律を自由にしておいてまた定型に戻すとき、逆に定型の良さが「なるほど」とここで分かるのです。相対化と申しましょうか、そのために自由律の連をここに設けておく意味が生じるんです。

――④月・花・恋に加え、「六句」の洒落として氷・石（岩）・ロックミュージックを任意詠みこむ――

特に定座にはしていません。ロックの座で、学生は自分の好きなミュージシャンを探してきては詠み込んで、それなりに盛り上がります〔次項「ロッキングオン座六句」にて詳述〕。

――⑤常に三句目の変化を狙うため、同じ題材を三句続けない（同季や恋も同じ）――

これは学生にも解りやすいところで、三句目の転じだけを徹底的に伝授します。要は同じ題材を三句詠まないということです。たとえば従来の「秋三句」については、私自身が初心の頃から矛盾を感じておりました。いわゆる「季戻り」を避けたとしても、大きくみれば秋の観音開きに思えてしまう。今でもこの考えから抜けられません。

恋句も工夫を凝らせば長く付け合えるのでしょうけれども、やはり二句で終わらせるべきだと思います。三句やったら恋の打越になるというイメージがやはり払拭できない。こうした説明は学生にとっても解りやすいようです。

表六句は歌仙に準じるのですが、オン座六句では同じ題材を三句詠みませんから、第三が必ず「雑」になります。発句、脇で挨拶をして第三で雑になります。発句が春や秋の場合でも第三を雑にします。夏か冬のときは、皆さんも第三を雑にすることがあるでしょうけれども、春・秋のときにもそうするのです（だから秋では発句・脇のどちらかで月を詠みます）〔改訂版では「全ての題材において句数は一〜二句、去嫌は三句去り」と句数に加えて句去りも規定。あわせてワンツースリー・ルールと命名した〕。

――⑥最終連の予測がついたら、五句目までに花の座をもうけ、挙句でわざと打ち越し、一巻のエンドマーク（終止符）とする――

ここは今でも物議を醸すところです。学生には「常に三句の転じだけをしなさい」と重きを置いて伝えていきますから、転じなくなったら終わりだとするわけです。オン座六句はブロック状でどんどん積み重なっていきますから、やろうと思えば時間と場所と体力さえあれば延々といつまでもできるわけです。しかしどこかで終わらせなければなりません。それには理由が必要になります。そこで、「転じなくなったら終わり」とします。そういうつもりで、わざと打ち越そうとするのです。これは俳諧の伝統とあながち無縁でもないことでして……、西鶴の研究をしていて気がついたことですが、結果としてオン座六句は形式的に矢数俳諧を継承している面があるんです。

有名な話ですが、西鶴は一昼夜二十四時間、暮れ六つから明け六つ、さらに明け六つから暮れ六つにかけて独吟で連句を詠みました。最初は一六〇〇句詠む。するとすぐに一八〇〇句詠む相手が出てきて記録が破られます。負けず嫌いの西鶴は、こんどは四〇〇〇句詠みます。

次に四〇〇〇句が破られると、じゃあ今度こそはとあの有名な二万三五〇〇句を詠むことになります。このことを世間の皆さんは普通に受け取っておられますが、私は昔から疑問を持っていました。二十四時間というのは日の入りから翌日の日の入りまでと、ぴったりとした区切りがあるのに、西鶴らの独吟の句数になぜ端数が出ないのかという点です。記録に端数はないのです。

で、よくよく考えれば、当時の俳諧の主流は歌仙形式ではありませんでした。歌仙は略式ですから、正式な形式の百韻が主流だったのです。一六〇〇句というのは百韻を十六巻巻《ま》いたということなのですね。四十巻で四〇〇〇句、二三五巻で二万三五〇〇句——あくまでも百韻を単位としたブロックを、一つ一つ積み上げていく方法だったわけです。

オン座六句の場合、そのブロックを六句にミニチュア化して積み上げていくのですが、原理的には矢数俳諧とおんなじでいくらでも積み上げられます。それを終わりにするには、それなりの根拠が必要です。で、転じている限りは六句単位で続け、転じなくなったらジ・エンド。ただし中途半端な打越の仕方では、とても「終わった」感が持てませんので工夫が必要です。

配布資料の実作例・巻壱をご覧ください（一一九頁）。

挙句が〈碁盤の上を吹く桜まじ〉という句です。その打越は〈超能力でのぞく賽の目〉とあります。〈賽の目〉と〈碁盤〉ではっきり打越をしている、というわけです。

実作例・巻弐の方もご覧ください（一二二頁）。

挙句は〈鞘を残してさよならと春〉とあります。打越句は〈将軍の太刀さびることなし〉ですから、〈太刀〉と〈鞘〉とで思いっきり打越をさせたわけです。こういう風にすれば確実に観音開きとなり、打ち越したから「終わり」といえます。

歌仙では三十六句目、簸なら二十四句目に挙句がくると分かっています。継ぎ足し形式のオン座六句ではここで終わるぞという根拠が必要になってきますので「打ち越す」ことを示すわけです。

ではこの他に「オン座六句・六箇条」について何かご質問があれば、お答えしますが。

（Q）第三で必ず「雑」にするということですが、「季移り」はなさらないのですか。
（A）「季移り」は学生には難しいと思います。もちろん、ベテランの方々と座を組んだ時にやることもあります。季節が移っていれば発句と打越にはなりません。ただ、その時も同季を三句続けることはしないで、たとえば「春・春・秋・秋」のように進めます。
（Q）エンドマークのことですが、発句に似せて「遠輪廻」で終わりということはやらないのですか？
（A）そういうことはやりません。あるベテランのレンキストから「最後だけ打越をするとそこだけ結ぶようなイメージができて、かた結びになってしまうのではないか」という鋭い質問を受けたことがあります。
　発句というのは、皆さんご存知のように水平に横に開いた形式ではありません。芭蕉が言い残したように一句でもって「行きて帰る心」を表します。垂直に一句で立っているわけです。それを脇句で徐々に横へ開いていって、第三で水平に移すと考えられます。で、あとに続く平句は「ただ先へ行く心」で転じていきます。それをわざと挙句で打ち越し、「行きて帰る」わけですが、あくまで水平に「行きて帰る」のです。つまり発句は縦糸を結び、挙句は横糸を結ぶ、というわけです。

　もともと挙句は「かねて案じ置く」とも言われています。軽く付け、「かねて案じ置く」というのであれば、打ち越してもいいわけで、あえて打ち越す方が式目として明確かな、という気もします。
（Q）自由律のところは、どうしても韻律めいたものが出るような気がします。試しにつくっても五七音のまとまりめいたものが出てしまいます。五音七音から完全に離れることが自由律なのですか？

(A) そうとは限りませんが、十音前後の短律には山頭火や放哉のような伝統があり、高校の教科書にも載っています。有名な〈咳をしても一人〉〈墓のうらに廻る〉はともに九音で、そんな放哉風の句を出す学生もいます。

あと俳句や連句に興味をもつ学生は、もともと韻文志向で、改行詩を書いている可能性が高いんですね。定型短詩はやったことがないけれどもソネットなどの改行詩はつくったことがあるというケースで……、そういう学生には、一行詩のように書いてみなさいとアドバイスします。

(Q) ロックミュージシャンの件ですが、そういうものを知らない年代もいるわけです。たとえば実作例の巻壱の自由律に出てくる「デュアン・オールマン」などは私も知りません。こういうロッカーを知らない場合はどうしたらいいのですか?

(A) 歌仙でも定座の句をつくるときに「月」「花」という語彙をとても大切にします。その言葉があることによって「月」の座であり、「花」の座になるわけですね。そのせいか年配の方は「〇〇のロック」のように「ロック」という言葉をそのまま使う場合が多いようです。「ロックビートがここまで響く」とか……(笑)、つまり「ロック」という言葉を「月」「花」の座と同じように直接使って入れて詠むわけです。ただ、それではちょっとふくらみがなくなって、底が浅くなるというキライがあります。恋句でも「恋」という言葉はポエジーが浅くなりがちです。なかなか芭蕉の〈馬に出ぬ日は内で恋する〉のようにはいきません〔本書俳クリティークⅢ「小池正博の場合」参照〕。同じように「ロック」という言葉を入れて良い句を詠むのは難しいといえます。

しかし年配とはいっても、団塊の世代の方々はビートルズやストーンズを聴いていらっしゃいます。ビートルズの曲は今では教科書にも載っているくらいです。ジョン・レノンなどを出せばロックの座になります。もっと古いエルヴィス・プレスリーだって詠み込んでもらえればいいわけです。「ラヴ・ミー・テンダー」とか。

(Q)「ロック」に「岩」とか「石」も入るということですから、たとえばサファイアでもいいのですか？

(A) はい「石」の座はひろくて、ルビーなど宝石類も石の座に入れています。文字通り「宝の石」ですから。

あと「氷」の座もあって、これは季語の勉強にもなります。たとえば「氷」に「柱」と書けば、前句との関係で冬の季語として「つらら」とも読めるし、「ひょうちゅう」と読みかえて次に夏の句を付けていくこともできます。先ほど質問がありました「季移り」を可能にします。ほかにも「薄氷」は春ですね。「石」はなかなか季語と結びつきませんが「氷」の季語は豊富にあります。

(Q)「石」のところで、「胆石の痛みに耐えて〜」などは「石」の座でしょうか？

(A) それはもちろん「石」という言葉が出ていますから「石」の座の病体になります。要するに「氷」や「石」の座は、その言葉があればOKなのです。逆に「ロック」の座はなるべく「ロック」と言わないほうがベターです。先ほども申し上げましたが、「ロック」の座は「恋」の座と同じで、ダイレクトな言葉を使わない方が奥行きが出ます。「秘すれば花」みたいな感じです。反対に「氷」「石」の座は「月」や「花」と一緒で、ダイレクトにその言葉そのものを付けていくというイメージです。

実作の「巻壱・オン座六句「雑巾きつく」の巻」を読んでみると、いちばん解りやすいはずです。

第一連

春　「春めきて雑巾きつくしぼりけり　　真那美」

これが、この日の高点句でした。学生は、意外と日常的な句を詠み、そして選びます。これに私が脇を付けます。

春　「マスクのしたをぬらす啓蟄　　璞」

これは私が花粉症で、それをそのまま〈啓蟄〉にぶつけたんです。談林のいわゆる「抜け」の方法で「花粉症」とは詠まず、病体を避けました。〈啓蟄〉から飛んで第三は「雑」になります。

春・春ときて雑です。

「かくれんぼ少女らの声遠ざかり　　有姫」

〈啓蟄〉から〈かくれんぼ〉を連想しています。〈マスク〉も〈かくれんぼ〉と〈声〉にリンクしていますね。つぎは〈声遠ざかり〉という聴覚表現に付けていきます。

「鳩はやつぱり定刻を打つ　　智南美」

〈かくれんぼ〉から鳩時計。聴覚表現を聴覚表現で受けます。

☾「うどん屋のガラスケースに三日の月　　澪」

第一連は歌仙の表六句に則るということで、五句目に「月」を出します。前句の〈定刻をうつ〉から〈三日の月〉と時節《じせつ》を定めたわけです。

秋
「おかはりしたき秋の風かな　桃子」

〈うどん〉から〈おかはり〉を付け、〈三日月〉から〈秋の風〉を付けています。先ほど説明した雅語（季語）と俗語（日常語）を取り混ぜた無心所着になっています。

ここまでの第一連には神祇・釈教・恋・無常・固有名詞もなく、かなりおとなしく進みました。第三が「雑」というだけでそれ以外は歌仙とあまり変わりがありません。この後からオン座六句らしくなっていきます。

第二連
「とばし記事あれもこれもが私です　塩人」

〈とばし記事〉というのは、ご存知のように「記者が実証もなく憶測でスクープをとる」ことです。前句の〈おかはり〉したい貪欲な自分が「あれもこれも書いた」という告白でしょうか。これを受けて、

❤
「ものゝふまたも女にこりず　姝」

ここで下七に四三調が出てきます（二連から許されます）。〈ものゝふ〉という古語を使いながら

〈女にこりず〉という現代語も使い、やはり無心所着風の恋句になっています。

❤
「きれかけたネオンサインのピンク色　四龍」

これはたぶんフーゾク詠の句だと思います（笑）。この二句が恋句で、資料では上にハートマークを付けました。

「アキハヾラなる絶対領域　友郁」

前句で新宿の歌舞伎町あたりのネオンを想定していたのを、秋葉原というオタクのエリアに転じ、恋離れにしています。つぎは〈絶対領域〉から神祇釈教に移って、

冬氷「境内の氷湖にゐるのは誰かしら　綾」

これは口語句です。「氷」の字が出てきましたから「氷の座」、〈氷湖〉で冬になります。

「柏手の音異人ふりむき　澪」

前句の〈境内〉から〈柏手〉、〈誰〉から〈異人〉を付けています。

これで第二連を終えて、第三連の自由律に入ります。

第三連［自由律］

前句の〈柏手の音〉を受けて聴覚表現の句です。「ロックの座」は資料では上にアルファベットのRをつけてあります。

Ⓡ

「ほとゝぎすほしいまゝなるデュアン・オールマン　璞」

先ほどのご質問で「デュアン・オールマン」をご存知ないとのことでしたが、これは私の句です。後ろに註をつけてありますが、《第三連ロックの座は、名盤『いとしのレイラ』でクラプトンを圧倒したデュアンのギターに、久女の〈谺して山ほととぎすほしいまゝ〉を想起した付け》と書きました。要は、自由自在にギターを弾くデュアンというミュージシャンがいて、それに「山ほととぎすほしいまゝ」という久女の名句を連想した、というわけです。まさにホトトギスが鳴くようにデュアンはギターを弾いているではないか、という句です。そのあたりは学生に説明しました。

学生が知らないロックもあれば、私が知らないロックもあります。ロックの座の難しいところですが、今は動画サイトがあるんで、お互い知らないミュージシャンをスマホですぐ確認できます。便利な世の中です。なおこの句は数えるとちょうど二十音ですね。

「をしみなく寄生虫　有姫」

〈ほしいまゝ〉を受けて〈をしみなく〉と付けてあります。学生にロックの話をしたときに、デュアン・オールマンはほぼ無名だったけれど、クラプトンのお陰で有名になったと話したので、そこで〈寄生虫〉という付けになったようです。この後、また恋になります。

❤

「あなたのラーメン探して台所に這ふ　真那美」

これもちょうど二十音です。同棲している……ということでしょう。

❤

「彼の前歯胸につまり　綾」

これは十二音です。いったい二人で何をやったんだ？　という感じです（笑）。こういうのを学生は普通に付けてきます。ふざけているのではなく、真剣に「前歯がつまる」と……。次は恋離れです。

「二本あつてもいいじゃないかイッカクたちよ　智南美」

これも二十音です。「前歯がつまる」から「二本あっても」と続きます。この句は今日出席の二川智南美さんの句ですから、訊いてみましょう。どうしてこういう句ができたんですか？

★智南美さんの答「イッカクの角というのは前歯が唇から突き出ているのだというので……。」

なるほど、そういうちゃんとした根拠があったんですね。そんなこととは露知らず、治定していました（笑）。

「気にならない腕時計　塩人」

まあ、「二本あってもいい……腕時計」ということでしょうか。もしくは「針が二本」でしょうか。

これで自由律は終わりです。四連はまた定型に戻ります。

第四連

石「礎といふ字の読めぬ宗教家　四龍」

急に堅い句になりました。前句の〈気にならない〉から〈字の読めぬ宗教家〉、神祇釈教です。

夏　「白服脱いだ弟を踏み　絵莉子」

一見、とんでもない句ですが、「弟を踏み……」は綿矢りさの『蹴りたい背中』の本歌取りだと思います。たしか作者本人がそう言ってました。

夏　「とめどなく昼寝バトルを繰り返す　智南美」

これはまた智南美さんの句ですが、どういう付け筋でしょうか？

★智南美さんの答「私にも弟がおりまして、昼寝などゴロゴロしながら「お前邪魔だよ」などとやりあってバトルをしているので、その情景を詠みました。」

なるほど、日常詠でしたか。

「超能力でのぞく賽の目　祥子」

これは前句の〈繰り返す〉を意識しています。「まどか☆マギカ」という魔法少女のアニメがありまして「繰り返す」という事がテーマなんです。いわゆるタイムパラドックスで、前の時代に戻って何回もやり直すんです。

✿　「それぐの世界で一つだけの花　塩人」

今度は前句の〈賽の目〉というところから〈一つだけ〉という数詞が出てきて、「世界に一つだけの花」というヒット曲につながります。で、いよいよ挙句です。

春　「碁盤の上を吹く桜まじ　綾」

さっきみたように〈賽の目〉と〈碁盤〉で、わざと打ち越し、エンドマークとします。

巻弐「持病のこだま」の巻もさらりと説明します。

第一連

冬「急病も持病のこだま雪景色　　智南美」

これも今日出席の二川智南美さんの句ですが、これはかなりの高点句でした。この巻は年末に巻いたのですが、実はその年の六月に私が急病になってしまったのです。深部静脈血栓症という病名でふくらはぎに血栓ができて、いきなり病院に担ぎ込まれて十日間入院してしまいました。しばらく「無心の会」もできなくなるという状況でした。その時点で少々アル中気味でしたから、学生から見れば「先生、あれだけ飲んでいれば急病になるだろう、それはおそらく先生の持病のこだま」――その寒々しさを雪景色に託した句作であろうかと思います。発句は表のタブーから外しますから、病体もＯＫです。

脇は私が付けましたが、

冬「なだれの音に消ゆるサイレン　　璞」

実体験を詠みました。救急車のサイレンは中に乗っているとあまり聞こえないんです。それよりもふくらはぎが雪崩のように痛くて、昨今話題になっているエコノミークラス症候群になる寸前で、静脈の血栓が飛ぶと肺梗塞とか心筋梗塞になるらしいです。それをそのまま詠むと「病体」になりますから、救急車の「抜け」でサイレンとしたわけです。

真剣な発句と脇の挨拶がすんで、

「積み本を目前にして椅子をひき　四龍」

第三は軽く日常性に転じています。

「ティーカップへと口をつけつゝ　理」

やはり四句目ぶりで日常性の付合ですが、「椅子をひく」運動と、カップへ「口をつける」動作が対比されてもいます。

☾

「語り合ふべき日々わたしたちは月　絵莉子」

ちょっと気取った詠みぶりですけど、ティーカップから学生の青春時代を思わせる句です。

秋

「徘徊するや長き夜の猫　祥子」

学生達は明け方まで皆でダベったりするのをよく「オール、オール」と言っています。オールナイトの略語で、それを猫に託した句でしょう。

第二連

「三叉路のポストはいつもからつぽで　友郁」

たぶん三毛猫の連想から〈三叉路〉が出たんですね。ここまで数詞も出てませんので。

❤「結婚記念消印となる　澪」
数詞と〈ポスト〉を受けて〈消印〉。しかも〈結婚記念〉とあしらって恋。

❤「其の上《かみ》をくり返すやう梳く御髪《みぐし》　正考」
〈消印〉から〈其の上〉へと古典的な恋に転じています。

「厨にまでも溢れさす泡　早有実」
たぶんこれはワンルームか何かで、シャンプーしている、という生活でしょう。すこし貧乏ったらしい感じですね。そこで、

「青山にセレブになつたら住んでみる　綾」
とあこがれのような句を付けて、〈青山〉を学校の名に取り成し、

「学院の名にふさはしくあれ　四龍」

第三連［自由律］
これから第三連になり、いきなりロックの座が来ます。ロックの場合はミュージシャンの名前や曲名を使いますし、カタカナ語が多いのでどうしても自由律の連に出てきがちです。

Ⓡ「イヤホンで聴いてゐるロックンロール・ウィドウ　正考」
これも後ろに註を付けました。《「ロックンロール・ウィドウ」は作詞：阿木燿子、作曲：宇崎竜童による山口百恵のヒット曲》。ウィドウは未亡人ですから、ロックに夫をとられた妻という意

味らしく、恋の呼び出しになります。この場合の「ロックンロール」は曲名なのでダイレクトに使ってもいいわけです。
　次は「石」で「恋」。

石❤「君の舌にルビー　　桃子」

　さきほど『蹴りたい背中』が出てきたように、今度は金原ひとみの『蛇にピアス』の本歌取りといいますか、面影《おもかげ》付けですね。〈ルビー〉なので「石」を詠んだことになります。

❤「終電を外したいらしい手の引力で　　澪」

　「どこかに泊まってしまおう」ということですね。私たちの世代でしたら男性が女性を口説くのでしょうけれど、今の学生は女が男をリードする可能性も大、ということでしょうか。

「壁づたひに雨ふる　　塩人」

　二人で逃げていく光景でしょう。恋離れですね。それを次に智南美さんが受けて、付けています。

「朝酒の格別さを知つてゐる鼠小僧　　智南美」

　〈壁づたひ〉で〈鼠小僧〉ですか？
★智南美さんの答「はい。」
　うまく時代劇に転じていますね。で、この〈朝酒〉に対し、

「神となる寝心地　　友郁」

　と神祇が付きました。

ここで自由律の連は終わります。比較的学生は長句・短句の韻律にとらわれていないということがこれを読むとわかると思います。

第四連

第四連に入り、定型にもどります。最初は氷の座です。

夏氷「氷柱の向かうの景色ゆら〱と　澪」

「つらら」だと字足らずなので「ひょうちゅう」です。〈寝心地〉から〈ゆら〱〉というオノマトペが出ています。それを夏で受けて、

夏　「TPPの夏場所いづく　璞」

下七が四三調の時事句ですね。

「揚げパンが高級品となりにける　智南美」

これも本人に訊いてみましょう。

★智南美さんの答「飲みながらの会場で巻いた第四連でした。そこで〈揚げパン〉が出てきたので、〈高級品〉に仕立ててみました。」

思い出しました。薄利多売の「半兵ヱ」という居酒屋があって、最終連はそこで飲みながら巻きあげました。そのとき〈揚げパン〉が出たのでした。昭和レトロの店なので。

「将軍の太刀さびることとなし　　友郁」
〈高級品〉という言葉から〈将軍の太刀〉が出てきたのですね。
「空洞へ花をつめたるヴァイオリン　　亜樹」
たぶんこれは「錆びることのない太刀」というのを「メッキしたにせもの」と解して「空洞のヴァイオリン」を趣向したのだと思います。

✿

春
「鞘をのこしてさよならと春　　正考」
〈太刀〉と〈鞘〉の打越でエンドマークということになります。

これで学生が「オン座六句」を楽しんでいる様子が分かっていただけたかと思います。出句数はかなりの量です。膝送りではなく、出勝ちで巻いていますが（一句に対し）一人最低でも三句は出してきます。教卓が切り短冊でいっぱいになるほどです。三、四年生と卒業生が相当の勢いで付けてきますから、一、二年生はついてこられないスピードです。

何かご質問がありますか？
（Q）何連か続けるときに「月」「花」は一回ずつですか？
（A）そんなことはありません。オモテの月は比較的「秋の月」になることが多いのですが、適当なところで他の季節の月を詠んでいただいて構いません。「花」も出して構わないのですが、ただ「花」は挙句とリンクして重きをおいています。オン座六句では「花」が出て打越をして終わりになるように、強く「終わり方」を主張しています。「花」を途中に出すことは、だから避けがちになりますね。

（Q）自由律の長律・短律の音数ですが、長い方は二十音、短い方が十音でしょうか？

（A）二〇〇〇年に『「超」連句入門』という本を出した当時は、自由律の長律を五七五の十七音以上、短律を七七の十四音以下と書きました。

（Q）（当時の経験者から）自由律の連で、一文字「無」だけの句でも治定していただき、長い方は二十音どころかやたら長々とした句があったと記憶していますが。

（A）確かにそういう「オン座六句」を巻いた時期がありました。虚無的な付け筋で「無」とくればそれは説得力があってよかったのですが、そのうち意味もなく「あ」とか「え」などの短冊が増え、逆に長律では三十音近い散文のような句が並んだりして、困ったケースが多々ありました。でその後、長律句は二十音前後、短律句は十音前後と式目を修正したわけです。

この「長短」ということについては詩人の大岡信さんが岩波新書の『連詩の愉しみ』で指摘していますが、連詩をやる際に、長短不定の一行詩を続けていこうとすると、リズムやメリハリが付かないと仰っています。なぜ連歌形式があのように長く繰り返すことができたかといえば、五七五と七七というメリハリ、すなわち長短のリズムがあったからこそ百韻でも緊張を維持できたわけです。

そこで私は自由律の連をつくるとしても、やはり長短のメリハリを付けなければいけないと思いました。これが発想のもとです。

（司会）まだご質問がおありとは思いますが、次の実作会の時間の都合もありますので、これで講演を終わりにしていただこうと思います。先生、どうもありがとうございました。（拍手）

【当日配布の資料】

一、オン座六句・六箇条（創案・浅沼璞）

①一連六句を基本単位とし、やれるところまで連を継ぎ足す（序破急を鑑み、三連以上を理想とする）。
②第一連は基本的に歌仙の表ぶりに則る（短句下七の四三調も第一連のみタブー）。
③途中、自由律の連を任意に定め、長律句（二十音前後）と短律句（十音前後）を交互に付け合う。
④月・花・恋に加え、「六句」の洒落として氷・石（岩）・ロックミュージックを任意詠みこむ。
⑤常に三句目の変化を狙うため、同じ題材を三句続けない（同季や恋も同じ）。
⑥最終連の予測がついたら、五句目までに花の座をもうけ、挙句でわざと打ち越し、一巻のエンドマーク（終止符）とする。

〔本書巻末綴込み「オン座六句早見表」にて改訂〕

二、俳諧無心・巻壱

オン座六句「雑巾きつく」の巻　　曳尾庵　璞　捌

第一連

春　春めきて雑巾きつくしぼりけり　　真那美
春　マスクのしたをぬらす啓蟄　　璞
かくれんぼ少女らの声遠ざかり　　有姫
鳩はやつぱり定刻を打つ　　智南美
☾　うどん屋のガラスケースに三日の月　　澪
秋　おかはりしたき秋の風かな　　桃子

第二連

とばし記事あれもこれもが私です　　塩人
♥　ものゝふまたも女にこりず　　秌
♥　きれかけたネオンサインのピンク色　　四龍
アキハヾラなる絶対領域　　友郁
冬氷　境内の氷湖にゐるのは誰かしら　　綾

柏手の音異人ふりむき　澪

第三連［自由律］

Ⓡ　ほとゝぎすほしいまゝなるデュアン・オールマン　璞
　　をしみなく寄生虫　有姫
♥　あなたのラーメン探して台所に這ふ　真那美
♥　彼の前歯胸につまり　綾
　　二本あつてもいいじやないかイッカクたちよ　智南美
　　気にならない腕時計　塩人

第四連

石　礎といふ字の読めぬ宗教家　四龍
夏　白服脱いだ弟を踏み　絵莉子
夏　とめどなく昼寝バトルを繰り返す　智南美
　　超能力でのぞく賽の目　祥子
✿　それ〴〵の世界で一つだけの花　塩人
春　碁盤の上を吹く桜まじ　綾

［註］第三連ロックの座は、名盤『いとしのレイラ』でクラプトンを圧倒したデュアンのギターに、
久女の〈谺して山ほととぎすほしいまゝ〉を想起した付け。

二〇一三年三月六日　起首　於　旭丘地域集会室（二連迄）
仝年五月五日　満尾　於　豊玉北地区区民館

三、俳諧無心・巻弐

オン座六句「持病のこだま」の巻

曳尾庵　璞　捌

第一連

冬　急病も持病のこだま雪景色　智南美
冬　なだれの音に消ゆるサイレン　璞
積み本を目前にして椅子をひき　四龍
ティーカップへと口をつけつゝ　理
☾　語り合ふべき日々わたしたちは月　絵莉子
秋　徘徊するや長き夜の猫　祥子

第二連

三叉路のポストはいつもからつぽで　友郁
♥　結婚記念消印となる　澪
♥　其の上《かみ》をくり返すやら梳く御髪《みぐし》　正考
厨にまでも溢れさす泡　早有実
青山にセレブになつたら住んでみる　綾
学院の名にふさはしくあれ　四龍

第三連［自由律］

Ⓡ　イヤホンで聴いてゐるロックンロール・ウィドウ　正考
石♥　君の舌にルビー　桃子
♥　終電を外したいらしい手の引力で　澪
壁づたひに雨ふる　塩人
朝酒の格別さを知つてゐる鼠小僧　智南美
神となる寝心地　友郁

第四連

夏氷　氷柱の向かうの景色ゆら〱と　澪
夏　　ＴＰＰの夏場所いづく　璞
揚げパンが高級品となりにける　智南美
将軍の太刀さびることなし　友郁
✿　空洞へ花をつめたるヴァイオリン　亜樹
春　鞘を残してさよならと春　正考

［註］第三連ロックの座「ロックンロール・ウィドウ」は、作詞：阿木燿子、作曲：宇崎竜童による山口百恵のヒット曲。

二〇一三年十二月二十三日　起首　於 小竹地域集会所
二〇一四年二月一日　張行　於 小竹町会館
仝年三月一日　満尾　於 旭丘地域集会所

二、ロッキングオン座六句

日芸・所沢キャンパスの公開科目「文芸創作実習I」は二〇〇三年度から始まった。今年度（補註・二〇一二年現在）でもう九年目となる。この間、「オン座六句」という連句形式を中心とした実習誌を毎年一冊ずつ刊行してきた。ここまで担当講師を務めてきた筆者としては、いちど何らかのかたちでふり返ってみたいと思っていた。

五七五（長句）と七七（短句）を交互に繰り返す伝統的な連句形式では、月や花、そして恋をテーマとして詠まなければならないルール（式目《しきもく》）がある。一連六句を基本単位とし、やれるところまで連を継ぎ足す「オン座六句」では、月・花・恋の伝統を受け継ぎながら、石（岩）や氷、ロックミュージックなどを新たなテーマとして設けた。つまり「ロック」の洒落だが、もともと「オン座六句」なる形式名からして洒落である。というか、伝統形式そのものが洒落でネーミングされてきた。芭蕉が一般化して、いまだに廃れない三十六句形式の「歌仙」は、和歌の三十六歌仙にちなんでいる。二十四句形式の「箙《えびら》」は、矢を二十四本入れて背に負う武具の呼び名である。そのほか、四十四句形式の「世吉《よよし》」など枚挙にいとまがない。

さて学生との「オン座六句」、ここではロックミュージックの付句《つけく》（平句《ひらく》）を中心にふり返ってみようと思う。ほんらい連句は三句の渡りの変化（三句放れ）を味わうのが筋だが、ここはロックの付句がどのように前句《まえく》から発想されてきたかに焦点をしぼってみたい。つまりは二句一章の付合《つけあい》の世界である。

まずは初年（二〇〇三年）度の実習誌『ふたとせ』から――

アマダイ本名キングクリップ　千尋（前句）
20世紀少年ゆるがすT．レックス　真二郎（付句）

かつて「アマダイ」として流通した食用魚、実名「キングクリップ」は南半球の深海魚として知られる。その名のとおり最大で二メートルにもおよぶという体長から、付句のT．レックス本名ティラノザウルス・レックスが連想されたのだろう。と同時に、かつてのグラムロックの雄T．レックスが詠み込まれているわけだが、もとは彼らもティラノザウルス・レックスと正しく名のっていた。そんなバンドが「20センチュリー・ボーイ」をヒットさせたのは一九七三年――筆者が高校に入ったころである。

それからちょうど三十年後、この曲名にちなんだ浦沢直樹の漫画『20世紀少年』が「ビッグコミックスピリッツ」（小学館）連載中に掲出連句は巻かれた。とはいえ映画化される五年ほど前で、原曲を巷で聞いた記憶は筆者にない。それが映画公開時、テーマ曲として流れるや否や、「まったく古さを感じない」というだけでなく、「新曲かと思った」というコメントまでよく耳にし、目にした。実をいえばグラムロック隆盛の頃、デヴィッド・ボウイ派だった筆者は少々複雑な思いだった。がそれはそれ、マーク・ボランがギターの六弦をベンド・ダウンするあのリフは、まさに「ゆるがす」という表現がぴったり。この連句が巻かれたころ、つまり『20世紀少年』が映画化される以前、すでに真二郎君は原曲を聴いたことがあったのだろう。

思えばこの連句を巻いた頃、往年のロックの名盤が次から次へとCD化されていた。レコード店(?)の店員が、旧譜（アナログ盤）がリマスタリングされることを「出直り」と称していた記憶がある。これから引用する（当時の学生達の）ロックの付句に、筆者がリアルタイムで聴いていた旧ナンバーやミュージシャンが出てくるのは、そのCD「出直り」現象に起因するところが大きかったのではないだろうか、ととりあえず言っておこう。

つぎは二〇〇五年度の実習誌『ところで』から——

たましづめ tel 尼崎にて　　五月闇（前句）
「天国への階段」がラヂオを染めきつた　　しんじろう（付句）

この連句を巻き始めた（起首《きしゅ》した）のは新年度に入ってすぐの四月十四日、巻き上げた（満尾《まんび》した）のは五月十九日。その間、四月二十五日に尼崎ＪＲ脱線事故がおきている。だから連句的には時事句として前句が詠まれたに違いないが、この付合はたんなる時事詠の域を超えていよう。

一〇七名が死亡し、五〇〇人以上が重軽傷を負った、あの凄惨な事故現場では、ケータイ電話の呼び出し音があちこちで鳴っている、という痛ましい報道が当時なされた。それを〈たましづめ tel〉と掛け詞で鎮魂した前句に、レッド・ツェッペリンの名曲「天国への階段」で応えたのがロックの付句である。しかもニューメディアではなく、〈ラヂオ〉を媒体として長律二十音で〈染めきつた〉。

「オン座六句」には自由律の連がある。五七五と七七の定型の代わりに、二十音前後の長律と、十音前後の短律とを交互に六句付け合う連であり、ここはその第一句目にあたる。「天国への階段」の句が長律になったのは偶然だが、偶然を必然に転化するのが連句、というより表現一般の要諦であろう。それかあらぬか一九七一年発表の原曲は、この長律句のように長く、八分にもおよぶ。それでいてツェッペリンを代表するナンバーとして時代をこえ、今も「ラヂオ」から流れ、「カラオケ」にすらなっている。

ちなみに筆者は、伊丹にある俳諧のメッカ柿衞《かきもり》文庫にときおり仕事で出かける。新幹線で新大阪まで行き、福知山線で伊丹に向かう。事故現場通過時には秘かに合掌するのが常だが、自ずとこの付合を思い出してしまう。なお、しんじろう君と前出の真二郎君が同一人物か否かはご想像にお任せしよう。五月闇さんはその後「闇」をぬけ、小説という形式で今も鎮魂し続けている。

つぎは二〇〇七年度の実習誌『ぱるる』から——

チェスで王手をかけるパソコン　　　遥香（前句）

しやにむに桝目を生き急いだジム・モリソン　　綾子（付句）

前句は人間とコンピューターによるチェスの対局を詠んだものだ。当時は人間がコンピューターに勝てなくなってきた頃で、海外ニュースなどでよく取り上げられていたから、これも時事句だったであろう。そこへ夭逝したロッカー、ジム・モリソンを付句は長律であしらった（ここも自由律の連の一句目）。ドアーズのボーカリストとして注目をあびながら、酒とドラッグに溺れたモリソン。一九六九年マイアミでのコンサートではズボンを下げて自慰行為におよび、公然わいせつ罪で逮捕された。そして一九七一年、アパートのバスタブで死亡（享年二十七歳）。死因は薬物による心臓発作というのが定説だが、暗殺説や逃亡説などもささやかれた。いずれにしろ、チェス盤に見立てていえば「しやにむに桝目を生き急いだ」ことは確かである。

それにしても、この連句が巻かれた年になんでジム・モリソンなのだろう。モリソン没後も生き急いだミュージシャンは少なくない。ややあってT．レックスのマーク・ボランやツェッペリンのジョン・ボーナムも早世したけれど、尾崎豊（一九九二年没）やニルヴァーナのカート・コバーン（一九九四年没）の方が記憶に新しい。

二〇〇〇年代後半になぜモリソンだったのか。彼と同級生だったコッポラが映画『地獄の黙示録』冒頭でドアーズの「ジ・エンド」をBGMとして使ったのは有名だ。けれど日本での公開は一九八〇年、特別完全版ですら二〇〇一年である。そこで「二〇〇七年」「ジム・モリソン」と連ねてネット検索してみると、なるほどそんなことが、という事実が判明した。前述の公然わいせつ罪に対して、恩赦を乞う手紙を某ファンがフロリダ州知事に送っていた（ウィキペディア他、参照）。前句さながら「王手をかけ」たわけだが、それが二〇〇七年の春だった。この連句が巻かれたのは同年の秋である。もっとも綾子さんがそんな熱狂的ファンの件を当時知っていたかどうか定かではない。もし偶然モリソンが詠まれていたとしたら、前句もろとも時事詠として必然化されたことになるだろう（二〇一〇年、わいせつ事件後四十年を経て、犯人不在のまま恩赦がなされたという）。

ところでこの付合、巻いた当初からどこかで読んだデジャヴ感がぬぐえなかった。それが後日、江古田キャンパスで西鶴の独吟連句を講義していた際、「これだ」と思いいたった。

昨日《きのふ》も戯《たは》けが死んだと申す　（前句）
一番《いちばん》は四丁《しちやう》にかけてやぶられて　（付句）　『西鶴俳諧大句数』（一六七七年）

前句の遊里における心中話を受け、四丁という戦法にかかって囲碁に負けたことが付け寄せられている（「急」の部「連句的西鶴論」参照、表記は改めた）。死に急いだ男女の心中事件（恋句）から、敵石に追いつめられて敗れた対局（恋離れ）を詠んでいるのだ。学生の連句とは付け様が反対（逆付け）だが、逆もまた真なり、チェスから夭折ロッカーへの付合は西鶴の発想に迫るんじゃないか云々、と愚考して暫しチョークがとまった。たぶん受講生は戸惑ったであろうが、その中に遥香さんや綾子さんもいたような気が……とはいえ、それ以前に両人から西鶴の「さ」の字も聞いた憶えはないが。

さて、ここまで二〇〇三年度から隔年でロックの付合をたどってみたが、年度が新しくなるにつれ、対象が古くなっていくのはなぜだろう。さっきの「なぜモリソンだったのか」という小さな疑問は、「なぜこの流れになったのか」という疑問へと膨れあがった。

モリソンが死亡した一九七一年に「天国への階段」がうまれ、その二年後に「20センチュリー・ボーイ」がリリース。やはり逆もまた真なり、否「逆もまた新なり」ということか。要因としては、前述のCD「出直り」現象やそれに伴うカラオケ化、さらにはサンプリング・ミュージックの台頭も考えられよう。また二〇〇七年頃からは、You Tube等の動画ポータル・サイトの波及効果も視野に入れるべきだろう。

とまれこの間、ロック・ミュージックが、通時性のみならず、共時性をも兼ねそなえた普遍的ジャンルと化していったことは間違いない。その意味からすると、知の共有化を基盤とする連句において「ロックの座」をシャレで設けたのは、これまた偶然から出た必然だったのか。西鶴独吟と学生連句の類似がそれを示唆してるんじゃないか云々、と再び愚考し、チョークではなく今度はパソコンを打つ手がとまった。

三、俳人とのオン座六句

脇起 オン座六句「はつ懐紙」の巻　　璞　捌

第一連

新年　静まつた障子の咳やはつ懐紙　　堀　麦水
新年　　マスク六人松とれし店　　浅沼　璞
　　海上の道へ向かひし虎もなし　　青山茂根
　　　父はずん〳〵空地掘らんと　　櫂未知子
☾　名月へメール打つてる長き爪　　山元志津香
秋　　かぼちや提灯匂ひをるなり　　佐藤裕介

第二連

　　竜馬像激しき夢の続きみて　大井恒行
石　石女《うまずめ》といふ遺伝子ありや　志津香
♥　くちびるは渡さぬやうに観覧車　茂根
♥　細き煙管《きせる》のむらさきほのか　裕介
夏　神南備《かむなび》のひとかたまりに梅雨もよひ　志津香
夏氷　氷室にしばしとどまるも良き　未知子

第三連［自由律］

Ⓡ　ローリング・ストーンズと名のる俳人もゐた　恒行
冬　腹割つて甲羅酒　志津香
　　筋トレに捧げた青春の全ページ　裕介
♥　つま恋につまづきぬ　茂根
♥　あひびきは病院で済ますつもりだつたのに　未知子
　　ツインで一万円以下　璞

第四連

　　たましひをいれる仏の鑿《のみ》の月　恒行
秋　秋刀魚とるにも鈴響かせて　茂根
　　にこやかにデフレを語る首相なり　志津香
　　Yシャツの趣味スリッパの趣味　未知子
　　花の色てのひらの色赤ん坊　恒行
春　やがてブレザー着ての入園　裕介

二〇一〇年一月十日　首尾　於 カフェ・ミヤマ高田馬場駅前店

今回の連句会は一月十日の興行ということで、俳句でいえば「初句会」にあたる。けれど俳諧の時代、連句は懐紙に書かれていたのだから「初懐紙」という季題を使ってみたい。そんな思いから、江戸中期の俳諧師麦水《ばくすい》の作品を発句にしてみた。

このように故人など、その場にいない作者の作品を発句《ほっく》とし、つぎの脇句《わきく》から付け進めるのを「脇起し」とか「脇起り」という。「オン座六句」というのは、私が創案した連句形式だが、作品タイトルに

「脇起　オン座六句」とあるのはそのせいである。

静まつた障子の咳やはつ懐紙　　麦水

それにしてもこの発句、〈はつ懐紙〉が季題であるから新年の作品のはずだが、〈障子〉に〈咳〉と冬の季語が二つもあり、季重ねのオンパレードではないか。そう思われる向きも少なくないであろう。けれど、それは現代俳人の眼からであって、俳諧の時代には〈障子〉〈咳〉はまだ季語ではなく、無季つまり雑《ぞう》の詞であった、らしい。山本健吉編『最新俳句歳時記・新年』（文藝春秋）によれば、中世連歌の季題→江戸俳諧の季題→近代俳句の季題→現代俳句の季語と、季題・季語はつぎつぎに増殖してきたという。俳諧師麦水にとっての季題は「はつ懐紙」だけだったのであろう。

それでは、現代連句人《レンキスト》の私が、この句へどのように挨拶すればよいか。自分で発句に選定しながら、あれこれ思案した——もう正月も十日だから「松過ぎ」だな。〈障子〉〈咳〉に対しては白い〈マスク〉で冬の挨拶もしよう。あ、一座のメンバー（連衆《れんじゅう》）はオン座六句にふさわしく六人だ——。

マスク六人松とれし店　　璞

海上の道へ向かひし虎もなし　　茂根

発句の江戸の茶屋を、今いる東京の地下カフェに見立てたのが脇句。次の三句目（第三）はさらに海辺へと飛んでいく。それでいながら今年（平成二十二年）の干支をはずしていない。

この句の茂根さんや、四句目の未知子さんは古くからの連句仲間で、伊豆伊東の某コンドミニアムで一泊の連句会を興行したこともあった。オン座六句はその名のとおり、一連六句を基本単位とし、やれるところまで連を継ぎ足す。伊東の夜も延々と巻きつづけ、翌日に何連で満尾《まんび》（終了）したかは忘れたが、伊東線沿線に虎がいなかったことは憶えている。

ところで未知子さんの句の〈父〉もそうだが、ベテラン・レンキスト志津香さんの五句目〈長き爪〉、私の教え子・裕介君の六句目〈かぼちゃ提灯〉のように、あえてネイルやハロウィンといった現代的な固有名詞を避け、普通名詞にしているのにはわけがある。

固有名詞のほかにも神祇・釈教・恋・無常などを六句目（最初の第一連）までは詠まない、という伝統的なルール（式目《しきもく》）があるからだ。逆にいえば、第二連（七句目）からはそれらを積極的に詠まなければならない。

連句一巻の流れを「序破急」という。オン座六句でも第一連は緩やかな「序」、第二連からは自由で起伏に富んだ「破」となり、「序」のルールを文字どおり破っていくのである。

竜馬像激しき夢の続きみて　　恒行

第二連一句目ですぐに固有名詞（人名）を出してくれたのは、俳人にして編集者の恒行氏。〈激しき夢〉は前句《まえく》のハロウィンからの連想だろうが、前々句（打越《うちこし》）のネイル・ファッションの軽さからは変化する。

このように前句に付けて連想をふくらませつつ、前々句からは転じ、変化するというのが連句の基本ルール。連想と変化（付けと転じ）は、だから三句でワンセットになっている。どの句を起点にしても、三句目で変化（三句放れ）しなければならない。

この「連想と変化」のバランスをとりながら、捌き手である私が各連衆の短冊句を選定（治定《じじょう》）してきたわけだ。あらかじめ順番を決める「膝送《ひざおく》り」と違い、こうして競って付け進むのを「出勝《でがち》」と呼ぶ。早く良い句を出したもん勝ち、ということで座が活気づく。

石女といふ遺伝子ありや　　志津香

これも前句の〈像〉から無機質な〈石〉のイメージを詠みこみつつ、前々句の〈かぼちや〉の生臭さからは転じ、変化している。

しかもオン座六句には、月・花・恋を詠みこむという俳諧のルールに加え、六句（ロック）の洒落として石（岩）・氷・ロックミュージックを詠むことにしている。〈石女〉で石の座をクリアしたことにもなったわけだ。

くちびるは渡さぬやうに観覧車　茂根

そして恋句。〈石女〉→〈渡さぬ〉という連想をいかしながら、前々句〈激しき夢〉からは変化し、ストイックな恋句になっている。

細き煙管《きせる》のむらさきほのか　裕介

つづけて恋。たやすく唇をゆるさない遊女の、その長煙管の写実で、〈石女〉からは転じる。

神南備《かむなび》のひとかたまりに梅雨もよひ　志津香

恋句が二句続いたので、ここで恋から転じる。これを「恋離れ」というが、このように人物が出てこない叙景句（場の句）で転じるのは、ベテランでなければできない技といっていい。しかも神祇の付け。

氷室にしばしとどまるも良き　未知子

〈氷室〉で氷を難なくクリア。前の「場の句」に対し、ここでは人物が出てくるが、自己の思いを詠んでいるので「人情自《にんじようじ》」という。

つぎの三連は、長律句と短律句を交互にくりかえす、自由律の連。序破急の「破」をさらに破ろうと考案したのだが、自由律なら長短決めなくてもいいのでは、という考えもあろう。

しかし大岡信氏らの連詩の試作により、「一行ずつでの長短不定の詩句の付合」がなりたたないことは、すでに実証されている（『連詩の愉しみ』岩波新書、一九九一年）。また松林尚志氏も連句に言及し、「長短、短長の対応によって緊張が維持してゆく」と論じている（『現代俳句』二〇〇五年三月号）。

ローリング・ストーンズと名のる俳人もゐた　　恒行

最初は二十音前後の長律。ご存じの方もおられようが、ロック・バンド〈ローリング・ストーンズ〉にちなんだ「転石《てんせき》」という号の俳人がいる。このように第三者を詠んだのを「人情他《た》」という。これでお題のロック・ミュージックもクリア。

腹割つて甲羅酒　　志津香

次は十音前後の短律。〈腹割つて〉は蟹のことでもあり、人間関係のことでもある。人間関係と解すると、自分と他者が両方とも詠まれていることになる。これを「人情自他半《じたはん》」という。前句〈ストーンズ〉の不良っぽさを連想させながら、前々句の〈氷室〉の孤独感から転じているわけだが、それだけでなく、人情も自→他→自他半と三句で変化しているのだ。

筋トレに捧げた青春の全ページ　　裕介

二重の意味が託された〈腹割つて〉に対し、さらに「腹筋」という意味を付加した長律句。男子学生ならではの付け、と一座は爆笑。しかし句の内容自体はキマジメであって、前々句〈ストーンズ〉のアウトローなイメージからは転じている。

と、こんな調子で三句目の転じ（三句放れ）を追っているうち、与えられた紙幅ももう尽きそうだ。以下、序破急の「急」となる最終連へとぶ。

自由律から定型の連にもどってみると、自由律の不自由さがわかる——なんて声もきこえてくる。「急」は軽いテンポで先を急ぐ。四連の華は、文字どおり「花の座」。伝統に則って挙句の前に詠む。花までの三句の渡りをひく。

にこやかにデフレを語る首相なり　　志津香（打越）

Yシャツの趣味スリッパの趣味　　未知子（前句）

花の色てのひらの色赤ん坊　　恒行（付句）

名詞をリフレインした前句の拍子をうけ、花の座でも名詞を並べているが、打越の時事句〈デフレ〉からは転じている。そしていよいよ挙句の果て。

やがてブレザー着ての入園　　裕介

前句〈赤ん坊〉→〈やがて入園〉と受けたわけだが、前々句の〈Yシャツ〉まで〈ブレザー〉で受けてしまい、転じていない。「三句がらみ」「観音開き」「打ち越す」などともいうが、これは確信犯であって、オン座六句の挙句は、わざと転じないのである。

前述したように、「一連六句を基本単位とし、やれるところまで連を継ぎ足す」のだから、どこまでも続けることができる。伊東での連句合宿では、少なくとも十連はクリアしたはずだが、仮に百連であれ、千連であれ、終りのサインが必要だろう。そのためのサインとして、三句がらみの観音開きにするのである。転じている間は進行し、転じなくなったら終わり。だから実は非常に連句的な考え方なんです云々、と一座の連衆にいつもの講釈をたれ、めでたく一巻四連を巻き上げたしだいである。

〈俳クリティークⅡ〉

現代の俳文

柳瀬尚紀『猫舌三昧』評

あの全訳『フィネガンズ・ウェイク』の著者による、言葉をめぐるエッセイ集（朝日新聞社、二〇〇二年）である。二〇〇〇年四月より週一回のペースで「朝日新聞」（東京本社版）夕刊に連載されたうち、初回から七十四回まで、ほぼ一年半分をまとめたものである。

古今東西の文献を渉猟する著者は、同じ英文学者であった夏目漱石の作品をそここに引用している。わけても『吾輩は猫である』（以下『猫』）は、そのタイトルも含め、それ相応の影響を本書に与えているとみていい（帯文にも「吾輩ハ廿一世紀ノ猫デアル」とある）。といって、漱石が自らの『トリストラム・シャンディ』体験を『猫』に活かしたように、この著者も自らの『フィネガンズ・ウェイク』体験を本書に活かしている、などと公式めいたことを言いたいわけではない。そうではなくて、スターン、ジョイスといったアイルランドの作家とはまったく無縁なジャンルを、両書に想定したいのである。それは、日本文学史における「俳文」という特異ジャンルである。

と、なんの前置きもなく「俳文」などと言えば、『猫』以前の前近代性を指弾されそうだが、しかし「俳文」とは前近代にとどまるジャンル概念では決してなかった。

漱石の『猫』が発表された明治三十八年（一九〇五）、その名もずばり『明治俳文集』なる書物が出版されていた。これは近世の俳文集の構成をとりつつも、尾崎紅葉、正岡子規、高浜虚子、田岡嶺雲といった六十余名におよぶ当代の俳人、文人によるアンソロジーであった。たとえば子規が雑誌『ホトトギス』のために草した写生文第一作などもあり、同じく『ホトトギス』を初出とする『猫』が抄録されたとしても不思議ではない一冊であった。

堀切実著『俳文史研究序説』（早稲田大学出版部、一九九〇年）によれば、この時期（明治二十〜三十年代）に俳文再評価の気運が高まったという。子規の写生文をも包摂してしまうほどの、それは大きな流れだったのだろう。そんな時期に漱石の『猫』は出版されたのだ。自覚の度合はともかく、漱石にその影響がまったくなかったとは言いきれまい。本書『猫舌三昧』の「俳文」性のルーツをさぐれば、あらまし以上のようなことになろうか。

では、本書の具体的な「俳文」性とは一体どのようなものか。まずは微視的にみてみよう。松江重頼の『毛吹草』、横井也有の『鶉衣』等、本書で引用されている俳書は豊富で、しかも時おり自作の俳句までみられる。さらに言えばそれら自作の句は、たいがい原句のあるサンプリング作品で、滑稽を旨とする談林風だ。

〈俳クリティークⅡ〉

現代の俳文

凍筆《いてふで》で海鞘《ほや》と引っ掻く窓ガラス　尚紀
一羽二羽三羽数えて釘氷《くぎごおり》

一句目は正岡子規〈凍筆をほやにかざして焦しけり〉の、つぎは加舎白雄〈一羽二羽三羽をかぎり通し鴨〉の、それぞれもじりだという。しかし、たんなるパロディではない。著者の故郷・北海道根室での生活体験が、両句とも活かされているのだ。氷が凍てついた窓ガラスに、割箸か何かで絵や文字を引っ掻いた思い出。通し鴨ならぬ海猫を数え、手足が釘や氷のように凍えた体験――これらサンプリングによるリアリティの追求は、まさに俳諧の正道をいく作句行為にほかならない。

では巨視的にみるとどうだろう。文章の展開において、連句の付合さながらの俳諧的連想が随所に活かされている。たとえば夏目成美〈白魚のすこしまがりて長閑《のどか》なり〉の引用のあと、著者の夫人がシラウオを買いにでるエピソードがある。シラウオかシロウオかと夫人が迷っていると、乗っていた路線バスまでが迷走しだしたというのだが、さいわい乗客が少なく〈すこしまがりて長閑なり〉だったらしいと洒落のめすあたり、俳味が横溢する。

後日、連載終了に際し、柳瀬はこう述べている。

言葉のいろいろな回路、できれば意外な回路を開く。それを宗《むね》として書いた。別の言い方をすれば、言葉から言葉への扉を開く。そのために一篇《ぺん》ごとにいくつか蝶《ちよう》番《つがい》を必要とした。蝶番がまずいと、建て付けの悪いしろものになってしまう。(「朝日新聞」二〇〇四年三月二十七日付夕刊「大変は大変に楽しい——《猫舌三昧》お四味《しまい》の弁」)

はたして「連句の付合さながらの俳諧的連想が随所に活かされている」所以であろう。

〈俳クリティークⅡ〉

現代の俳文

櫂未知子『季語、いただきます』評

現役の俳人による、季語に関するエッセイ集（講談社、二〇一二年）である。といえば、歳時記風に季語を解説しながら、適当に例句をあげる、俳句入門の類を連想する向きが多かろう。まして巻末に〈本書は、「季語の引力」（「小説現代」二〇〇七年五月号〜二〇一一年四月号連載）をもとに、加筆・修正を施しまとめたもの〉とある。俳人に限らぬ読者層を想定しての、四年間にわたる連載物がベースである。折々の季語を歳時記風に解説し、例句をあげ、ときには俳句入門的な記述を加える必要もあったろう（字数とて一定のはずだ）。しかしそうした桎梏《しっこく》に、逆に自由を見出してこそ俳人といえるのではないか。なぜなら句作においては、五七五の定型・季語・切字（切れ）といった伝統的なルールを逆手にとり、自由に表現しているのだから。

かつて「自由にもとづく俳諧」（『大矢数』跋）を西鶴は提唱したが、その対極にいた芭蕉もまた「俳諧自由」（『去来抄』）を志向した。それぞれの「自由」は、それぞれの俳諧＝俳句・連句にとどまらず、散文＝俳文においても発揮された。今の文学史的なジャンル観からすると西鶴は浮世草子、芭蕉は紀行・随筆ということになろう。けれど当時は、それらを包摂する、俳文という別の括りがあった。『俳文学大辞典』（角川書店、一九九五年）をひもとくと、〈その時々の新しい題材を取り上げ〉、〈これを俳諧自由の精神に基づき、客観的に、また時にイローニッシュな目でとらえて、叙述する〉（堀切実）と俳文の特徴が綴られている。

ちょっと話がそれたかのようだが、そうではない。本書に、現代の俳文をみた、と言わんがための迂回である。俳諧自由すなわち俳句的な自由さを基本とした現代散文がここにはある。〈その時々の新しい題材〉ということでいえば、ざっと目次のタイトルを見渡しただけでも、大リーグ・ダイエット・草食系・アウトドア・蕎麦打ち男。さらにページを繰れば、クルーズ・小春ちゃん・ウィキペディア・花粉症・ノンアルコールビール・抱き枕、と枚挙にいとまがない。そして（これこそが肝心なのだが）それら新しい題材を、〈俳諧自由の精神に基づき、客観的に、また時にイローニッシュな目でとらえて、叙述〉しているのだ。

今この書評を書いている時節にあわせ、例をあげるなら、花粉症がちょうどいいだろう。タイトルは「風にのる季語たち」。まず、風邪やその予防のためにかける「マスク」という冬の季語が、近年では花粉症のせいで春がメインだと疑われる（？）エピソードが紹介される。もはや春を象徴するとすらいえる「花粉症」だが、歳時記では独立した項目ではなく、「杉の花」の副季語として添えられるケースが多いことを指摘し、例句があげられる。

山彦のあと一斉に杉花粉　　岡本まち子

この句の解釈が、すこぶる俳文的だ。そのまま引用しよう。

「ヤッホー」と叫んだせいで一挙に飛散したというわけでもないのだろうが、なんとなくそんな気分になるのがおかしい。作者自身が叫んだのだったら、なお面白い。ああ、私の声のせいで花粉がこんなに……と責任を感じている様子がうかがえるからである。

まさに客観的かつイローニッシュな俳諧精神の自由さが、話し言葉と書き言葉の絶妙なバランス感覚を生み、それに見合った文体を生んでいるのがわかろう。

さらにこの調子で、著者自らの花粉症体験が述べられ、おなじ春の季語である「黄砂」が語られる（だからタイトルが「風にのる季語たち」と複数形なのだ）。そして結びでは、俳諧精神がさらに冴える。用材として杉ばかり植えた結果の「花粉症」、中国の施策の失敗等で砂漠化した結果の「黄砂」増加――と、二つの季語を客観的に把握し、〈目の前の利益だけを追求することによって、思いもかけない結果が遠くのどこかで出てしまうのだから〉、これらは「風が吹けば桶屋が儲かる」的な季語になりつつある、とイローニッシュに結語する。

そういえば俚諺と俳文とは、古くから切っても切れない関係にあった。納得。

〈俳クリティークⅡ〉

芭蕉と林芙美子の「侘び」

『放浪記』に見えたる光

I

私は宿命的に放浪者である。
私は古里《ふるさと》を持たない。

この『放浪記』（改造社、一九三〇年）の有名な冒頭の一節から、〈日々旅にして旅を栖《すみか》とす〉という『おくのほそ道』の漂泊宣言を連想するのは容易いだろう。げんに林芙美子は〈旅が古里である〉と書きついでいるだけではない。〈渡り者である私は〉、北九州の或る小学校で〈恋ひしや古里の歌を侘しい気持ちで習つた〉〔傍点、原文〕とまで書いている。あたかも芭蕉美学の一つである「侘び」の境地まで透けて見えるかのようだ。

さらには後年、創作に関し、芙美子は次のようにしたためている。

〔……〕越し方、行末のことがわづらはしく浮び、虚空を飛び散る速さで、瞼のなかを様々な文字が飛んでゆく。

速くノートに書きとめておかなければ、この素速い文字は消えて忘れてしまふのだ。
仕方なく電気《あかり》をつけ、ノートをたぐり寄せる。鉛筆を探してゐるひまに、さつきの光るやうな文字は綺麗に忘れてしまつて、そのひとかけらも思ひ出せない。また燈火《あかり》を消す。するとまた、赤ん坊の泣き声のやうな初々しい文字が瞼に光る。

（『放浪記　第三部』留女書店、一九四九年）

これはまさに〈物の見えたる光、いまだ心にきえざる中にいひとむべし〉（『三冊子』）という芭蕉遺語の、そのすぐれた注釈として読むことができはしないか。物の本質の光がみえた瞬間、瞼に飛来する言葉たちを結晶させた二人の表現者の通底性を思わずにはいられない。

言うまでもなく芭蕉の遺語は句作を念頭に述べられたものだが、近代的ジャンル概念の確立していない時代である。『おくのほそ道』に代表される俳文（散文）を書く場合でも、事情はさほど変わらなかったであろう（あの〈西鶴が浅ましく下れる〉という『去来抄』の浮世草子批判が俳諧批判ともなり得るように）。いっぽう芙美子は芙美子で、近現代にありながら韻文・散文を越境した作家である。芭蕉と芙美子にジャンルによる径庭はなかろう。それより気がかりなのは、消えてゆく言葉たちを瞬時に書きとめる前

〈俳クリティークⅡ〉

芭蕉と林芙美子の「侘び」

段階において、いま一つのハードルを二人に想定できることだ。ジャンルを問わず、光る言葉たちは、誰の瞼にも浮かぶような容易いものではないはずだから。

引用した遺語（『三冊子』）の直後、芭蕉は次のようにも言い残していた。

句作りに、成ると、するとあり。内をつねに勤めて、物に応ずれば、その心の色句と成る。内をつねに勉めざるものは、成らざる故に、私意にかけてするなり。（「赤双紙」）

〈内をつねに勤めて、物に応ず〉る姿勢がなければ、光る言葉たちはやってこない。これは先にふれた芭蕉の「侘び」の境地と不可分の関係にあろう。芙美子の瞼に光った〈赤ん坊の泣き声のやうな初々しい文字〉も、〈内をつねに勤めて、物に応ず〉る「侘び」の心を前提としたはずだ。だから逆をいえば、〈内をつねに勉めざるもの〉つまり「侘び」を持たない、もしくは持ち続けられないものは、〈私意にかけて〉言葉を紡ぐほかなくなる。

『放浪記』は『おくのほそ道』と同じく「侘び」の精神を前提とした、初心《うぶ》な言葉たちによって書かれていた。私意は極力排されていた。改造社版の段階では。

Ⅱ

周知のように『放浪記』は、改造社版と新潮文庫版で大きな異同がある。森まゆみはその相違点を列挙し、文庫版では、〈当初の、二十そこその、どん底の女の野性的な詩情や開き直りはなくなってしまった〉としている（『林芙美子　放浪記』みすず書房、二〇〇四年、解説）。たとえば、改行をなくし追いこみにした結果、〈シンとした一行ごとのつぶやきが消えた〉のは確かで、〈改悪以外の何物でもない〉といっていい。最終的に森は、改造社版『放浪記』が一生に一度しか書けない進行形の「青春の書」ならば、いま流布している文庫版『放浪記』は「成功者の自伝」である、と断言する。芭蕉のひそみにならって換言すれば「成功者の自伝」とは〈私意にかけて〉した自伝ということになろうか。

すべて芙美子が書きなおしたかどうか（たとえば編集者の手が加わったか）はべつにして、ほぼ森の見解に異論はない。ただ、断定の助動詞「なり」がしばしば唐突に加筆されている部分について、森は指摘するにとどめている。以下、私見を述べたい。

最初に平仮名表記の〈なり〉が加筆されるのは、「淫売婦と飯屋」の章、近松秋江宅の女中を解雇される記述〈ひまが出る〉〔傍点、原文〕である。読み比べればわかるが、〈ひまが出るなり〉では失業の切迫感が半減する。しかも次の行の〈行くところなし〉の文語調は、文庫版では逆に〈別に行くところもない〉と口語表現に改められている。

〈俳クリティークⅡ〉

芭蕉と林芙美子の「侘び」

これまた切迫感を弱めているというほかない。両者を並べて引用してみよう。

十二月×日

い、ひまが出る。

行くところなし。

大きな風呂敷包みを持つて、汽車道の上に架つた陸橋《りくはし》の上で、貰つた紙を開いて見たら、たつた弐円はいつてゐた。

二週間あまり居て、金弐円也。足の先から、血があがるやうな思ひだつた。（改造社版）

（十二月×日）

い、ひまが出るなり。

別に行くところもない。大きな風呂敷包みを持って、汽車道の上に架った陸橋の上で、貰った紙包みを開いて見たら、たった二円はいっていた。二週間あまりも居て、金二円也。足の先から、冷たい血があがるような思いだった。（文庫版）

〈なり〉の加筆、〈行くところなし〉の口語化、さらに〈冷たい〉という形容――これらが改悪であるのは一目瞭然であろう。わけても〈なり〉の加筆は安直というほかない。おなじ「なり」でも、もともとあった〈二週間あまり（も）居て、金弐円也〉の〈也〉と比較してみてもいい。〈……金弐円也〉は私意のない慣用的な金銭表現として、響いてくるものがある。すでに「放浪記以前」の章に、〈粟おこし工場の廿三銭也にもさよならをすると〉と文語的金銭表記があり、それも幸い文庫版で改変されてはいない（「さよなら」の傍点は外されているが）。

そう思って「淫売婦と飯屋」の章の引用部分を読み返してみると、〈弐円はいつてゐた〉に続いて〈金弐円也〉の表記がくり返される。これは、〈貰つた紙〉に書かれていたであろう「金弐円也」の文字が、〈赤ん坊の泣き声のやうな初々しい文字〉として、芙美子の瞼に光ったがためのリフレインではないか。とすれば、「放浪記以前」の章の〈粟おこし工場の廿三銭也にもさよならをすると〉という、日本語としてやや不自然な文脈にも納得がいく。つまり〈粟おこし工場の廿三銭也（と書かれた紙包み）にもさよ

〈俳クリティークⅡ〉

芭蕉と林芙美子の「侘び」

ならをすると〉と読めるからである。もっといえば、これら二つの章の〈也〉には、より本質的な、紙包みに書かれた薄給に対する「侘び」がこめられているかの如くである。〈足の先から、血があがるやうな〉侘びしさである。侘びしい〈心の色〉は、慣用的であるが故に無色な〈也〉という言葉へとしみ込んでいく。

それに比して、安易に加筆された平仮名表記の〈なり〉には侘びしさがない。つまりは〈私意にかけて〉加筆した〈なり〉であり、それが文庫版ではむなしく反復されていく。がしかし、だからといって「侘び」のしみ込んだ金銭表現〈也〉が代わりに消されていくわけではなかった。終章の一節を比較してみよう。

金弐拾参円也！　童話の稿料。

当分ひもじいめをしなくてすむ。胸がはづむ、狂人水《さけ》を呑んだやうにも。でも何か一脈の淋しい流れが胸にあつた。（改造社版）

金二十三円也！　童話の稿料だった。当分ひもじいめをしないでもすむ。胸がはずむ、ああうれしい。神さま、あんまり幸福なせいか、かえって淋しくて仕様がない。

（文庫版）

残念ながら文庫版では〈童話の稿料〉以下が改悪されてしまうけれど、「侘び」のしみ込んだ慣用的な金額表記〈也〉は辛うじて残されている。高給への喜びは、近しい人々への〈一脈の淋しい流れ〉つまり「侘び」とともにあった。高給に対する「侘び」、そんな両義性を帯びた初心な言葉として〈也〉は終章においても響いてくる。

Ⅲ

最初の方で私は、〈宿命的な旅人〉たちの、古里を持たない「侘び」の通底性についてふれた。いわば〈旅を栖とす〉るものたちの「侘び」だが、それは金銭的な問題と無縁ですまされない性質のものであった。貨幣経済による消費社会で漂泊の生身を保持するための「侘び」である。

たとえば日暮聖は、〈貨幣経済の台頭した十七世紀、しかも江戸という当代髄一の消費社会〉で芭蕉が経験した〈貧しく悲しくつらい失意の生活の感慨〉が「侘び」の契機になったと指摘する（『近世考』影書房、二〇一〇年）。その失意の感慨とは、よくいわれる〈隠遁者の自足の境地や、閑寂な趣〉などと無縁であった、と念をおしつつ。

林芙美子もまた東京という〈当代髄一の消費社会〉のなかで、〈貧しく悲しくつらい

〈俳クリティークⅡ〉

芭蕉と林芙美子の「侘び」

失意の生活の感慨〉を「侘び」の契機とした。この芭蕉的な「侘び」がなければ、『放浪記』の〈也〉という慣用的な金銭表現は発生してきようがなかった。それは〈内をつねに勤めて、物に応ず〉る「侘び」の精神を前提とした「初心な言葉」であった。この言葉の〈光〉が、平仮名表記の〈なり〉のように改悪されなかった（「成功者の自伝」として私意にかけられなかった）のは、芙美子にとっても私たち読者にとっても文学的な幸運であった。遠く芭蕉へ連なる「侘び」の系譜における僥倖といって差しつかえないだろう。

芭蕉テキストの引用は「新編日本古典文学全集」（小学館）を、『放浪記』の引用は『林芙美子放浪記　復元版』（論創社、二〇一二年）を主として参照した。

日暮聖『近世考』評

これは意外なことだが、本書（影書房、二〇一〇年）は、日本近世文芸を長く研究してきた著者の、単著としての処女作である。「あとがき」では、なかなか出版に踏み切れなかった理由の一つとして、芭蕉の俳諧の問題をあげている。

わたしの問題意識の一つは、近世文芸を貨幣経済社会のなかで考えていこうとするものですが、井原西鶴の浮世草子、上田秋成の『雨月物語』など、散文のなかで、あるいはまた、近松門左衛門の人形浄瑠璃という演劇のなかで、この問題をとらえようとしてきました。けれど、韻文である芭蕉の俳諧については、対象として取り上げることができずに、詩歌の世界は特別視するべきなのか、いや芭蕉であっても社会的背景と無縁ではないはずだ、と迷いのなかで過ごすことになりました。

自己の研究に真摯に取り組む、てらいのない著者の姿がここにはある。つづけて著者は、本書で唯一の書き下ろし「芭蕉の「わぶ」」が、この問題の突破口となったことを

〈俳クリティークⅡ〉

芭蕉と林芙美子の「侘び」

語っている。この書き下ろしは、とかく心情的に語られがちな芭蕉の「わび」「さび」の、わけても「わび」に焦点をしぼりながら、それを貨幣経済社会のなかで考察した労作である。

まず著者は、芭蕉が職業俳人としての生活を捨て、深川に移った延宝八年（一六八〇）の冬に注目する。そして、その冬から一年ほどの間に、たてつづけに書かれた一連の句文を、丹念に読み解くことによって芭蕉の「わぶ」に迫っていく。〈貨幣経済の台頭した十七世紀、しかも江戸という当代髄一の消費社会〉で芭蕉が経験した〈貧しく悲しくつらい失意の生活の感慨〉を「わぶ」の契機としてとらえ返していくのである。その〈失意の生活の感慨〉とは、よくいわれる〈隠遁者の自足の境地や、閑寂な趣〉などとは無縁なものにほかならなかったと規定しつつ。

むろん著者は、芭蕉が生活者であったと同時に詩人であったことを、一瞬たりとも忘れはしない。〈芭蕉は、直接には社会の苦難を嘆かない。〔中略〕貧乏人を案じたり憤るのではなく、自分を貧乏人の底辺に置き、それの味わうわびしさの感性を、日本の詩の世界に定着させようと懸命になる〉と評する。その視点は、たとえば、歳末の餅搗きの音を背景とした、次の句の重要性を見逃さない。

歳暮《さいぼ》

暮れ〳〵てもちを木玉《こだま》の侘寐《わびね》哉　「真蹟懐紙」(天和元年・一六八一)

ここに著者は、〈貧しさだけでなく、世間では一年で最も活気付く年末、正月を待ち望む年末、そこから一人外れてなすこともない者のわびしさ〉を発見し、〈そのわびしさを寝ながら引き受け〉ている詩人の姿を見出す。

こうして著者は、〈負の感性である「わぶ」を詩情へと転換しようとする過程〉として、深川隠棲後の一年間を位置づけることに成功しているだけではない。やがてその「わび」が、『虚栗』(天和三年・一六八三)跋文において「風雅」と並び称されたことに言及していく。これは〈芸術・文学に匹敵する〉風雅と「わび」の並置にほかならない。

はたして著者は、書き下ろしの本稿を締めくくるにあたって、「かるみ」の境地にいたった晩年の芭蕉の遺語〈侘びしきを面白がるはやさしき道に入りたるかひ(甲斐)なりけらし〉(「贈芭叟餞別辞」『別座敷』元禄七年・一六九四)を引用する。〈やさしき道〉とは「風雅の道」に違いないが、じつはこの一節、本書のプロローグとして、目次後の中扉の裏にも掲げられている。

さきに引いた「あとがき」の問題提起に呼応するかのごとく、〈西鶴や近松のように目前の現実を直接描写して思いを述べることはなかった〉芭蕉の、その晩年の境地が、

〈俳クリティークⅡ〉

芭蕉と林芙美子の「侘び」

巻頭に一行書きされているのである。あたかも連句の発句さながらに。

本書の副題にかかげられている「西鶴・近松・芭蕉・秋成」の諸論が、このプロローグ（芭蕉遺語）のもとに連なっていることへ、今は深く思いを致すばかりである。

［追記］

本書刊行に先立ち、「芭蕉の「わぶ」についての考察」と題した講演を著者は行っている（於 二〇〇九年度「法政大学国文学会」大会）。そのラストでは、やはり〈侘びしきを面白がるはやさしき道に入りたるかひなりけらし〉にふれ、こう述べている。

この言葉に出会ったとき私は、この言葉は芭蕉からのプレゼントだと思ったんです。「侘しい」とか「貧しい」とか「つらい」ということを面白いと受け止めることができる、というんですね。悲しくてみじめでさびしくて、それを面白いということができるのは、「やさしき道」――これは文学・芸術と言い換えていいと思うんですが、文学に関わったからなんだということです。文学に関わらなければ、「侘しい」というのは、さびしくてつらいことばかりなんだけど、文学に関わった甲斐があって、侘しきを面白がることができるということではないでしょうか。そんなことを芭蕉からのプレゼントだという風に受け止めました。（『日本文學誌要』第八一号（二〇一〇年三月、法政大学国文学会）所収「講演録」）

この解釈もまた私にとってはプレゼントなのだと、いま引用しながらつくづく思った。

急

連句的西鶴論

一、西鶴独吟の読み方

I

本稿に課された内容は、初心者も含む連句協会の連衆に、できるだけ平易に西鶴連句を講じるというものです。西鶴の連句といえば、一昼夜二万三五〇〇句独吟というギネスブック級の記録に思い至る人が多いでしょう。これは一定の時間に的中した矢数を競う京都三十三間堂の「通し矢」行事にあやかったもので、矢数俳諧といいます。そのチャンピオンとして俳諧師西鶴の名は後世に残ったわけです。

無論この記録もいきなり達成されたものではありません。最初は百韻・十六巻の一六〇〇句（一六七七年）、つぎに四十巻の四〇〇〇句（一六八〇年）とステップアップした挙句の二三五巻（一六八四年）なのです。ただ残念なことにその作品は、一六〇〇句の『俳諧大句数』や四〇〇〇句の『西鶴大矢数』のように刊行されることはありませんでした（発句短冊のみ現存）。一昼夜で二万三五〇〇句詠むには、約四秒で一句というラップ・ミュージックなみの速さが想定されます。執筆《しゅひつ》も句数をチェックするのがやっとだったのでしょう。その作品内容は伝存本の矢数俳諧から類推するよりほかありませんが、概ね浮世草子への架け橋として、散文的なものと速断されるケースが多いといっていいでしょう。

とはいえ西鶴は終生俳諧師で、浮世草子を書き始めてからも俳諧を止めることはありませんでした。辞世の句（『西鶴置土産』一六九三年）にも「難波俳林（大坂の俳壇）松寿軒　西鶴」と署名していますし、そもそも矢数俳諧の最高記録じたい、処女作『好色一代男』（一六八二年）の刊行後に達成されたものです。浮世草子への過渡的な作品としてのみ矢数俳諧を位置付けるのは問題があるでしょう。そこで思い出されるのが大阪出身の民俗学者・折口信夫の卓見です。

戦後、西鶴俳諧の全貌を著したのは『定本西鶴全集』（野間光辰ほか編、中央公論社）ですが、その付録「西鶴研究」第三号（一九五〇年）に折口信夫は「西鶴俳諧の所産」なる短文を寄せています。そのポイントを要約すると――ある時期は芭蕉のライバルと見なされた俳諧師西鶴が、晩年の十年ほど、小説的な興味に脂がのって浮世草子を書いた。それがいかに文学的価値の高いものだとしても、俳諧師から引きぬいて小説家としたならば西鶴自身が納得しないだろう。文学史からみても、彼の俳諧に重きをおいて考えなければ、その優れた多くの散文学も意味がなくなる――。釈迢空として短歌のみならず連句にも手を染めた折口らしい卓見と言うほかありません。

こうした折口の提言がありながら、西鶴を小説家としてのみ位置付け、矢数俳諧には主に過渡的な散文性をみる論者が後を絶つことはありませんでした。以下、彼らが必ずといっていいほど引用する散文的（と思われている）三句の渡りを手がかりにいろいろと考えてみましょう。

揚屋ながらにはじめての宿　西鶴
なんと亭主変はつた恋は御ざらぬか　仝
きのふもたはけが死んだと申す　仝（『大句数』第八、名残の裏）

初めて揚屋《あげや》（貸座敷）に宿をとり、指名した遊女がくるのを落ち着かない様子で待っている遊客と、揚屋の主人とのやりとりがそのまま付合になった会話体です。「ご主人、近頃なんか変った恋愛スクープはございませんか」と非日常的な遊里のスキャンダルを客が問うと、「昨日もまた無粋な戯《たわ》け者どもが心中事件をおこしたということです」と主人が返します。

心中はもともと「心中立て」といって、男色（ホモセクシャル）の衆道《しゅどう》に起源がありました。やがてそれが遊里におよび、遊女と客の駆け引きとしてつかわれるようになったのです。いきなり情死に至るのではなく、誓紙をかわきりに、髪を切ったり、相手の名を入れ墨にしたり、はたまた爪や指まで切って「恋のあかし」としました。無論それらは、遊廓における「嘘の恋のあかし」であって、髪はもとより、爪や指のニセ物まで出回るほどでした。『一代男』巻四ノ二では、女の墓をあばいて黒髪や爪をうばう盗人どもがルポされています。遊女はそれを買って、手練手管のネタとしたのです。現代に同じくニセの入れ墨もありましたが、情死だけはニセ物というわけにはいきません。つまり遊廓における「心中立て」は、情死にまでつきすすむこと（相対死《あいたいじに》）を想定していなかったのです。そうした廓《くるわ》のモラルに反する心中事件がおきれば、「無粋な戯け者どもが」と廓内《かくない》で揶揄されるのは当然でした。〈きのふもたはけが死んだ〉という揚屋の主人の返答にはそんな背景があったのです。

では西鶴の浮世草子、わけても好色物に目を向けてみましょう。そこには遊廓を舞台とした会話がリアルに描出されています。いまみた矢数俳諧の会話体を彷彿とさせるものも確かにあります。つぎに紹介するのは『諸艶大鑑《しょえんおおかがみ》（好色二代男）』（貞享元年・一六八四）巻六ノ五の一節です。大坂の遊客・助四郎の一行が京の遊廓・島原に上ってきましたが、あいにく大門が閉まっています。というのも午後十時頃、泊り以外の客を帰した後、午前二時頃まで閉門してしまうのです。門前で一行が立ち騒ぐうち、都の末社《まっしゃ》（太鼓持）四天王の一人願西《がんさい》の弥七が廓内から現れ、助四郎と発句・脇の挨拶を交わします〔以下、原文と現代語訳〕。

程なく爰《ここ》につけば、早や門《もん》さして、けがない。大勢立ちさわぐに、弥七、出口の茶屋より起き出れば、宿より男ども、「御座《ござ》りましたか」と、声〴〵に申す時、助《すけ》といふ人、当座に、「誰《たれ》じやしれぬめつた弥七が雪の中《うち》」と、発句をすれば、内より弥七、「寒夜《かんや》にようものぼり助四郎」と、かるい脇して、「扨《さ》て、京に此の程、新しい事はないか」、「神楽《かぐら》が根太《ねぶと》は」、「甚助《じんすけ》が女房は、いよ〳〵さつたか」と、取りまぜての大笑ひ。

〔新日本古典文学大系版『好色二代男』参照の上、句読点・カギ括弧等を適宜付した。〕

(冬の悪天候をしのいで)ほどなく島原に着けば、早くも大門が閉まっていて人気もない。大勢で立ち騒いでいると、太鼓持の弥七が大門口の茶屋より起き出て、揚屋からも男どもが「いらっしゃいましたか」と口々に言う時、助(四郎)という客人が即座に、「誰じゃ知れぬめった弥七が雪の中」と発句を詠めば、門内より弥七が、「寒夜にようも上り助四郎」と軽い脇句を付け、(一行は)「さて京に近ごろ耳新しいことはないか」、「神楽の腫物の具合は」、「甚助の女房はとうとう逃げだして離縁か」と、世間話を取りまぜて大笑いとなった。

〔浅沼・訳〕

弥七に同じく「神楽」も「甚助」も京の太鼓持ですが、まずは遊客と太鼓持の軽口による付合をピックアップしてみましょう。

誰じやしれぬめつた弥七が雪の中　　　助四郎

寒夜にようものぼり助四郎　弥七

同季（冬）の挨拶、発句の切れ、脇の体言止めはもちろん、何より客発句・亭主脇の作法が守られています。脇句の人名の詠みこみは式目違反ですが、発句では許されます。「新日本古典文学大系」（岩波書店、一九九一年）の冨士昭雄・校注には、〈「めったやたら」と「弥七」を掛ける。雪の中をがむしゃらにやって来ると、弥七が出迎えてくれた〉とあります。脇もそれを受け、人名にひっかけて「こんな寒い夜によくも大坂からお上りなされた」と一行を歓待しているのです。実際の矢数俳諧の発句・脇はもう少し手がこんでいるケースが多いのですが、それは後述するとして、さしあたり問題なのはこの後に続く会話体の部分です。〈扨て、京に此の程、新しい事はないか〉〈神楽が根太は〉〈甚助が女房は、いよ〳〵さつたか〉——これを便宜上、付合に仕立ててみます。

さて京に耳新しきは御ざらぬか
根太盛りか女房去つたか

こうしてみますと先にみた矢数俳諧の会話体が散文化への架け橋であったという説も頷けるような気がしてきます。がしかし事はそう単純ではありません。いま一度、『大句数』第八巻の三句の渡りを引いてみましょう。

揚屋ながらにはじめての宿　西鶴（打越）
なんと亭主変はつた恋は御ざらぬか　仝（前句）
きのふもたはけが死んだと申す　仝（付句）

前句・付句の助詞に注目してください。〈変はつた恋は〉という客の問いかけと、〈きのふも〉という主人の返答は微妙にずれ、かみ合っていません。つまり「なんか変わった恋愛スクープは」という客の非日常的な期待感に対し、主人はあっさり「昨日もまた……」と日常化した心中話ではぐらかしているのです（情死の日常化は近松にも心中物を書かせた）。
巧みな話術によるゴマ化しは、そのまま三句の転じ（三句放れ）にもなっているのです。いわば非日常（初めての宿／変わった恋）から日常（心中話）への転化で、その日常化への転じが効いているからこそ、次の恋離れへ自然とつながっていくことができます。

きのふもたはけが死んだと申す　西鶴
一番はしてうにかけてやぶられて　仝

〈一番〉とは囲碁の一勝負。〈してう〉は征・四丁・止長などと書き、「しちょう」と読みます。相手の碁石を追いつめる日常的なテクニックのひとつで、「征知らずに碁を打つな」とまで言われています。だからこの付合、「昨日の碁の勝負、戯け者がまた征にかけられ敗れてしまった」という意味内容になります。日常的に情死してゆく戯け者を、常日ごろ定石に負かされる戯け者へと見立てかえ、「碁石が死んだ」と取り成しているのです。巧みな話術による恋離れというほかありません。『生玉万句』（一六七三年）序文で「軽口」を自任した西鶴の、この転じこそ韻文としての特色なのです。

むろん浮世草子にも転じのきいた軽口がいかされている場面がいくつもあります。たとえば『好色一代女』（一六八六年）巻二ノ二には「おれは大商人の仲買」とホラを吹く遊客が出てきますが、それに対して端女郎が「露天商なら……」と話をはぐらかし、逆に客をイジる場面があります。がしかし、だからといってこれを矢数俳諧が散文化した結果とみなすべきではなく、反対に浮世草子が俳諧の軽口を引き継いだ結果ととるべきではないでしょうか。前述の折口の指摘のとおり、文学史的にいうと俳諧ジャンルが先であって、まず俳諧に重きをおいて考えなければ、その優れた多くの散文学も意味がなくなってしまいます。生涯「難波俳林」を忘れなかった西鶴の俳諧魂にこそ私たち連句人《レンキスト》は思いを致すべきでしょう。

Ⅲ

ところで先の『諸艶大鑑（好色二代男）』巻六ノ五の場面は、会話に転じこそないとはいえ、談林俳諧の座を彷彿とさせるのは確かで、独吟のみならず、他の連衆との座を西鶴が楽しんでいたことが窺えます（座での作品も多く伝存する）。そういえば尾形仂も、談林俳諧の座は〈西鶴の浮世草子へと展開すべき世間の話題を俎上にのせた夜咄の場につながっていた〉との指摘を残しています（『座の文学』角川書店、一九七三年）。けれどかかる談林の座は俳諧の内容（話題）に影響を与えただけではありませんでした。さらに加えて韻律にまで変化をもたらしたようなのです。

ここで三たび〈きのふもたはけが〉の付句に注目してみましょう。もう気づかれた読者もおられるかと思いますが、〈死んだと／申す〉という短句下七は連歌以来の四三調のタブーをさらっとおかしています。『大句数』（を含む談林作品）には他にも四三調が散見されますが、この第八巻に限っても数例あげることができます（短句五十句のうちの一割）。

越前わたや袖なし羽織（そでなし／ばおり）
あげつくだしつ原田の次郎（はらだの／じろう）
まはす一順おさへて置いて（おさえて／おいて）
いづれの秋に取りつき世帯（とりつき／せたい）

短句下七の四三調という韻律的タブーが、王朝和歌の読唱法に端を発することは、坂野信彦の『七五調の謎をとく』（大修館書店、一九九六年）にくわしく述べられています。四三調のタブーは、和歌から連歌へ、連歌から俳諧へと制度化されていったと坂野はいいます。げんに芭蕉らの『俳諧七部集』に収められた短句七四六句中、下七の四三調は皆無とのことで、蕉風俳諧も〈王朝和歌方式で読唱されていた〉とも坂野は指摘しています。ひるがえって同時代の西鶴（を代表とする談林派）が四三調をくり返し詠んだのは、「咄の場」の自由な韻律による影響が大きかったのではないでしょうか。そしてそれは、やはり浮世草子へと引き継がれていたのです。

たとえば堀切実は、七音や五音のリズムが散文に継承された例を『一代男』からランダムにひろい出しています（『読みかえられる西鶴』ぺりかん社、二〇〇一年）。七七調はその変型もふくめて八例あり、うち三例が下七の四三調を有しています。

銭は一歩《いちぶ》に何程売るぞ（なにほど／うるぞ）　巻二ノ五
是非今宵は枕をはじめ（まくらを／はじめ）　巻四ノ二
夜明けをいそぐ日待の遊び（ひまちの／あそび）　巻四ノ五

堀切も述べているように、この他にもまだ例示することは可能でしょう。談林の、とりわけ矢数俳諧に顕著な四三調のリズムは、浮世草子にも引き継がれていたのです。

　ここまで「会話体」や「咄の場」といった側面から西鶴の矢数俳諧を読んできました。それが「軽口」を自負した西鶴に特徴的な側面であるからですが、だからといってそれだけで矢数俳諧が成立していたわけではありません。序破急の流れでいえば、〈きのふもたはけが〉の付合は名残の裏、つまり急の段の勢いにのった会話体です。同じ百韻の初折の表、つまり序の段をみるならばおのずと西鶴俳諧の別の面を知ることができます。発句から順に、しばらく追ってみましょう。

花に来てや科《とが》をばいちやが折りまする　　西鶴

　じつは『大句数』上下巻・一六〇〇句のうち現存するのは上巻・千句だけで、生玉本覚寺で興行されたという日付も判然としません。ただ発句はすべて「花」を詠みこんでおり、春に興行もしくは下俳諧が巻かれたものと思われます。

　この第八巻の発句は、〈花見にと群れつつ人の来るのみぞあたら桜の科にはありける〉（西行『玉葉集』）の本歌取りで、さらに〈科〉というキーワードから諺「科はいちゃが負う」を連鎖的に引用しています。いわば雅（本歌）と俗（諺）の取合せなのです。

　当時「いちゃ」つまり乳母や下女たちは、良家の子女の過失の罪を引き受けました。その風習が諺になっているのですが、さらに「負う」を「折る」にもじり、枝を折って花盗人の罪を負うと洒落のめしているのです。〈てや〉は切字ではなく、希望をあらわす連語ですが、発句体としてここで軽く切れます。訳すなら、「お花見にいらっしゃい。お嬢様のかわりに乳母の私が枝を折り（諺のとおり）その科を負いましょう」といった感じで、良家に仕える「いちゃ」の立場からの語りかけになっているのがわかります。

けれどこれが『諸艶大鑑』巻六ノ五の発句・脇のように会話体になることはありませんでした。「めつた弥七」も「いちやが折る」も慣用句のもじりという点では共通していますが、「いちや」の方は滑稽句というだけでなく、背伸びして花を「折る」乳母の姿を彷彿とさせもします。つまり写実性が潜んでいるのです。脇はその写実的な部分へと付けていきます。

花に来てや科をばいちやが折りまする　西鶴
のびあがりたる山の春風　仝

〈のびあがり〉花を折るいちゃの姿が、木々ののびる芽吹山へとオーバーラップし、桜東風《ごち》につつまれます。高浜虚子の〈伸び上り高く抛りぬ札納〉（『五百五十句』一九四三年）に近い近代的な写実性を感じさせるといってもいいでしょう。発句・脇ともに滑稽と写実の入り混じった挨拶句で、会話体とは趣を異にします。脇の句形はオーソドックスな体言止めですが。

のびあがりたる山の春風　西鶴
竜の息雲に霞に顕れて　仝

〈のびあがりたる〉対象を昇天する〈竜〉に見立てかえた付け。地上から天空、写実から空想への転じでもあります。現在の歳時記には春の季語として「竜天に登る」（中国の俗信）がみえますが、ここでは〈霞〉が春の山をあしらう季語になっています。竜の吐く息が雲や霞と化したという想像です。句形はやはり第三の作法に則って「て止め」となっています。

竜の息雲に霞に顕れて　西鶴
似せけはなれた白雨《ゆふだち》の空　仝

「似せ気離れた」は、偽物の気配のない、本物の、といった意味。風雨を伴う昇り竜の伝説から、本物の夕立、つまり「本降りの夕立空になった」という夏の景への季移りです。前句の春霞を夏霞に取り成したとも解せますが、軽い「四句目《よ(し)くめ》ぶり」には違いありません。

似せけはなれた白雨の空　西鶴

町人に生れ付いたる渡し船　　仝

場から人情句への転じ（起情の付け）。〈白雨〉に〈渡し船〉をあしらっています（『類船集』延宝四年・一六七六）。〈似せけはなれた〉には〈町人に生れ付いたる〉が付くのですが、これは一種の抜け（省略法）でいささか説明を要します。

近世では渡し船の運賃を武士から取らない慣習がありました。『日本架空・伝承人名事典』（平凡社、一九八六年）を繙くと、古川柳に〈武士は皆薩摩守のわたし舟〉（『新編柳樽』十九世紀）があり、タダノリ（無賃乗り）する者を薩摩守平忠度にかけ「薩摩守」と俗称したとあります。姿を武士に似せて無賃乗船する町人もいたのです。だから「町人に生れた身分として（武士を真似る気などなく）渡し銭《せん》を払い、夕立時の舟に乗る」といった意味内容になります。一句としては初めての雑でもあります。

町人に生れ付いたる渡し船　　西鶴
額の角のはゆる浮草　　仝

前句の〈町人〉を受けた其人《そのひと》の付け。当時、元服前の少年は前髪の額際の両角を剃りこんで髪を結いました。この半元服の髪形を角前髪《すみまえ》といったのですが、それを付句は「額の角の映ゆる」と描写しています。そしてさらに〈渡し船〉の連想から「生ゆる浮草」と畳みかけていきます。その結果、〈角前髪の映える額に浮草が生える〉といった意味不明の句となりました。これもまた西鶴ひいては談林俳諧の特色の一つで、無心所着体《むしんしょじゃく》という伝統的な作風なのです〔本書「俳クリティークⅢ」参照〕。

さて、これまで序破急のうち序と急の一部をみてきました〔破の段については本書「序」の部「俳句的連句入門」参照〕。これらだけでも矢数俳諧の自立的な多様性がご理解いただけたかと思います。安易に散文化を指摘し、浮世草子への過渡的なジャンルとしてのみ矢数俳諧を扱うような愚は避けたいものです。

参考文献――文中に掲げなかったもの（刊行順）
決定版 対訳西鶴全集『諸艶大鑑』麻生磯次・冨士昭雄訳注（明治書院）一九九二年
新編日本古典文学全集『連歌集 俳諧集』暉峻康隆ほか訳注（小学館）二〇〇一年
『西鶴連句注釈』前田金五郎著（勉誠出版）二〇〇三年

二、西鶴独吟の基準

I

西鶴の連句といえば矢数俳諧で、一昼夜二万三五〇〇句独吟というギネス的記録に思いいたる向きが多かろう。そして内容的には浮世草子への架け橋としての散文的な価値に注目する向きが多い。とはいえ周知のように西鶴は終生俳諧師で、浮世草子を書きながらも俳諧を止めることはなかった。そもそも一昼夜二万三五〇〇句という記録じたい、処女作『好色一代男』刊行後に樹立されたものだ。そのへんは西鶴学者も注目するところで、しかしそんな学者ですら、西鶴独吟の散文化を容認する場合が多い。典型的な例をひこう。

〔……〕西鶴の矢数俳諧が、その速吟という性格のために、人事・風俗を多分に導入する宗因風俳諧の特色を拡大して風俗詩的な傾向をあらわにし、句ごとの変化や局面の変化を欠く散文的なものになって行った点は、その後の西鶴の散文作家への転進に十分意味を持つことになる。(谷脇理史『浮世の認識者　井原西鶴』新典社、一九八七年)

〈句ごとの変化や局面の変化を欠く〉とは、三句の転じを欠くということであろう。こう述べて谷脇は、一昼夜二万三五〇〇句達成以前、というか『一代男』刊行以前の矢数俳諧『大句数』(延宝五年・一六七七)や『大矢数』(延宝九年・一六八一)の作例をあげていく。有名な次の一連(『大句数』第八)も忘れてはいない。

胸の火やすこし心を置ごたつ
　揚屋ながらにはじめての宿
なんと亭主替《かは》つた恋は御ざらぬか
　きのふもたはけが死んだと申す

〔中央公論社版『定本西鶴全集　第十巻』参照〕

ここで谷脇は具体的な解釈をしていないけれど、冬の揚屋を舞台に、初めて指名した遊女を遠慮がちに待つ大尽客とそこの主人との会話体による付合で、その意味では〈局面の変化を欠く〉といえるかもしれない。しかしながら、こうした独吟に詩の側面を見ようとする学者が不在であったかというとそうではなく、たとえば山下一海は同じ付合をひき、〈芭蕉の考えた文芸の理想とはかなり違ったもの〉としつつも、次のような詩的評価をくだした。

西鶴の場合、速吟に、単なる記録樹立、自己顕示以上の、深い必然性があったことは、ここに引いた部分の、いきいきとした躍動性によってもわかる。俳諧の定型の中に躍動するものがあれば、それはそのまま俳諧の充実と見ていい。その充実は、詩と矛盾するものではない。むしろ、それをしも詩と言わずして、何を詩と言うのだろう。西鶴の詩は西鶴の詩の基準によって計測されなければならない。そもそも阿蘭陀流といわれた西鶴の俳諧は、軽口・狂句をその特色とするから、その行き着くところに矢数俳諧があっても不思議ではない。つまり、矢数俳諧の速さそのものが西鶴の詩なのである。（「矢数俳諧の展開」『西鶴物語』有斐閣、一九七八年）

いわば詩の拡大解釈によって矢数俳諧に詩を認めようとする立場だが、これを突きつめると西鶴独吟を〈行為の詩〉と規定した松田修の結論にいきつくほかなくなるだろう。松田は〈西鶴は詩において破産することによって、行為の詩に到達した〉と喝破した（『日本近世文学の成立』法政大学出版局、一九七二年）。かつては私も、この立場から矢数俳諧を評価したことがあったが、下手をするとそれはテキスト（活字）そのものの読解放棄につながる。漠然とであれ〈俳諧の定型の中に躍動するもの〉を感知したのであれば、〈行為の詩〉としてのみ評価するのではなく、新たな「基準」のもとにテキストじたいを再評価すべきではないか。今はそう考えている。たぶんその「基準」は近代的な詩と散文という二項対立的な範疇を超えるものであろうけれど。

Ⅱ

日暮聖は『近世考』（影書房、二〇一〇年）で、精神史・文化史の観点からみた近世の特色として、印刷技術・貨幣経済・悪場所の三つをあげている。さきに引用した西鶴独吟にしても、「印刷技術」の発達なくして活字化はされなかっただろうし、作品内容じたい「悪場所」を舞台に、「貨幣経済」の権化である大尽客を描いていた。日暮の上げた特色は的を射たものに違いない。が、その解釈において特に目をとめたいのは、「印刷技術」の発達に関する次の部分である。

〔……〕出版業の成立により、それまでの耳から聞いて想像力を働かせる口承文化から、目で活字をおって読む文字文化へと、想像力の大きな転換が起ります。十七世紀の元禄時代は、この転換の只中にあるため、口承の文化と文字の文化のせめぎ合いにより、小説に西鶴、詩に芭蕉、演劇に近松というすぐれた作家が誕生しました。各ジャンルに時代を画する作家が揃って登場したというのは、日本の歴史上唯一といってもいいのではないでしょうか。

〈ことば〉というものは興味深くて、たとえば、語り物の代表である『平家物語』に、口語《くちがた》りの発想による表現の可能性が見出されるかというとそうではなく、それは、書き言葉という異質な言語表現と出会うことによって顕在化されるもののようです。ために元禄期という、極端ないい方をすれば歴史上一回限りの口承文化と文字文化との出会いが、豊穣な文学や演劇を生み出すこととなりました。にもかかわらず私たちは以後、聴覚的能力を失って行き、現在では残念なことに、元禄期の作家たちが繰り広げてみせた多様な言語の可能性を想像的に再現することさえ難しくなっています。

少々長くなったが、重要な部分なのでそのままひいた。これは啓蒙的に書かれた文章（初出は「社会評論」一二七号）なので、〈小説に西鶴、詩に芭蕉、演劇に近松〉と近代的ジャンル概念を援用しているが、〈口語りの発想による表現の可能性〉がジャンルを超えて元禄期に発生したことを日暮が言わんとしていることは明らかである。西鶴独吟の新たな「基準」になり得る予感がするが、問題は聴覚的能力を失った現代人が、〈多様な言語の可能性を想像的に再現することさえ難しくなって〉いるという現実である。けれど、ヒントがないわけではない。口語りをそのまま収録した『平家物語』よりも、書き言葉という異質な言語表現と出会った近世文芸の方が、より〈口語りの発想による表現の可能性〉を顕現しているという逆説――この逆説を俳諧においてまず考察するならば、尾形仂による次の芭蕉論あたりがどうしても気にかかってくる。

座には、談笑のうちに句が付け進められる間、瞬間ごとの詩情の交響の中からおのずから一種の座の文脈ともいうべきものができあがってくる。〔中略〕けれども、それをそのまま懐紙面に定着させた場合、座を離れた地点にいる読者に対して、一座の感興がかならずしもそのままストレートに伝わるとは限らぬことは、座談会の記録のナマの速記原稿に接した場合などを思い合わせれば、きわめて明らかだろう。座の文脈と作品の文脈（それは二次的な座の文脈ということになる）とはおのずから別なのだ。

〝座の文芸〟を〝書かれた文芸〟に定着させようと願った芭蕉の努力は、座の文脈を作品の文脈に転位することにかかっていたといっていい。（『座の文学』角川書店、一九七三年）

比喩的に使われている〈座談会の記録のナマの速記原稿〉から、さきの日暮の論述における『平家物語』を連想するのは私だけではないはずだ。〈書き言葉という異質な言語表現と出会った近世文芸〉の圏内にいた芭蕉だからこそ、〈〝座の文芸〟を〝書かれた文芸〟に定着〉させる逆説を願ったのである。

このあと尾形は、「山中三吟」（『卯辰集』元禄四年・一六九一）の草稿「翁直しの一巻」（『やまなかしう』天保一〇年・一八三九）をひき、一座共同の制作行為を確認している。そして芭蕉の改削は、こうした一座共同の所産を、〝書かれた文芸〟として普遍化するためのものであったとする。具体的にみよう。〈銀の小鍋にいだす芹焼《せりやき》〉という曾良の前句に対する、芭蕉と北枝との、次の場面がひかれている。

手枕におもふ事なき身なりけり　　仝翁
手まくらに軒の玉水詠《なが》め侘《わび》
　てまくら移りよし。汝《なんぢ》も案ずべし、
　と有けるゆへ（ゑ）
手枕もよだれ（涎）つたふ（う）てめざめぬる　　枝
てまくらに竹吹《ふき》わたる夕間暮《ゆふまぐれ》　　仝
手まくらにしとねのほこり（埃）打《うち》拂ひ　　翁
　ときハまりはべる。

〔岩波文庫版『芭蕉連句集』参照〕

同文庫の脚注（中村俊定・荻原恭男）には〈芭蕉の批評を加筆した北枝の草稿〉とある。つまり芭蕉が座を捌くさまを、北枝が筆録したものである。よって〈汝〉とは北枝のこと。また〈移り〉とは元禄初期の俳壇一般で広く重視されていた付合技法であり、広義の「匂付け」に相当するものであった。とり急ぎ二点を確認しておく。

では原文をみよう。最初、芭蕉自ら二句ほど付けを試みている。で〈芹焼〉の前句に対するに、〈手枕〉の趣向がよく調和する、と北枝をうながす。北枝も二句ほど付けを試みる。さらに芭蕉自ら〈しとねのほこり打拂ひ〉と付け、治定する。この芭蕉の付句について尾形はこうのべる。

〔……〕曾良の「銀の小鍋に出だす芹焼」の前句の存在を前提として、その余情の中から導かれたもの（付句）であると同時に、また、前句の位に照応するものとして見定められた「手枕」をテーマとする北枝との共同の句案の中から治定されたもの（付句）であるという点で、二重の意味における共同の所産であったことになる。改削は、そうした一座の共同の所産を、〝書かれた文芸〟として、より広い座の中へ定着させるための営みにほかならなかったといっていい。〔同前書、（　）は浅沼註〕

〝座の文芸〟を〝書かれた文芸〟に定着させる逆説は――「移り」の余情、「位」の見定め、曾良や北枝との連衆心――そうした多義的な〈共同の所産〉を介して実現されたとしていいであろう。

「山中三吟」については本書「序」の部「俳句的連句入門」参照。また「位」については俳クリティークⅢ「小池正博の場合」参照。

Ⅲ

ひるがえって独吟の西鶴はどのように〝座の文芸〟を〝書かれた文芸〟に定着させ得たのか。尾形は同著のなかで、談林の座は〈西鶴の浮世草子へと展開すべき世間の話題を俎上にのせた夜咄の場につながっていた〉とも述べている。そういえば『諸艶大鑑（好色二代男）』（貞享元年・一六八四）巻六ノ五にこんな場面がある。

程なく爰《こゝ》につけば、早や、門《もん》さして、けがない。大勢、立ちさは《(わ)》ぐに、弥七、出口の茶屋より起き出れば、宿より男ども、「御座《ござ》りましたか」と、声〴〵に申す時、助《すけ》といふ人、当座に、「誰《たれ》じやしれぬめつた弥七が雪の中《うち》」と、発句をすれば、内より弥七、「寒夜《かんや》にようものぼり助四郎」と、かるひ《(い)》脇して、「扨《さ》て、京に此の程、新しひ《(い)》事はないか」「神楽《かぐら》が根太《ねぶと》は」「甚助が女房は、いよ〳〵さつたか」と、取りまぜての大笑ひ。爰《こゝ》がおかしひ《(い)》と、丹波口へ、駕籠《かご》の者計《ばかり》やりて、門の内外《うちそと》、咄《はな》しがしむ。

〔岩波文庫版『好色二代男』参照〕

冬の悪天候をしのぎ、大坂の遊客・助四郎の一行が京の遊廓・島原に上ってきたが、あいにく大門が閉まっている時刻。門前で一行が立ち騒ぐうち、都の末社四天王の一人願西《がんさい》の弥七が廓内から現れ、助四郎と発句・脇の挨拶を交わすシーンである。この付合じたいは客発句・亭主脇の軽口にすぎないが、さしあたり問題なのはその後に続く会話の部分である。〈扨て、京に此の程、新しひ《(い)》事はないか〉〈神楽が根太は〉〈甚助が女房は、いよ〳〵さつたか〉――試みにこれを付合に仕立ててみれば、

さて京に耳新しきは御ざらぬか
根太盛りか女房去つたか

こうしてみると、最初に引いた西鶴独吟の会話体を〈局面の変化を欠く散文的なもの〉とする谷脇説も、あながち間違いではないような気もしてくるが、しかし事はそう単純であろうか。日暮のいう〈聴覚的能力〉を失った私たちに必要なのは、まさに〈多様な言語の可能性を想像的に再現する〉ことであろう。いま一度、『大句数』（第八）の三句の渡りをひいてみる。

揚屋ながらにはじめての宿　（打越）
なんと亭主替つた恋は御ざらぬか　（前句）
きのふもたはけが死んだと申す　（付句）

まず前句・付句の助詞に注目したい。〈替つた恋は〉という客の問いかけと、〈きのふも〉という主人の返答は微妙にずれ、かみ合っていない。つまり「なんか変わった恋愛スクープは」という客の非日常的な期待感に対し、主人はあっさり「昨日もまた……」と日常化した心中話ではぐらかしているのだ。すばやい話術によるゴマ化しは、そのまま三句の転じ（三句放れ）にもなっている。いわば非日常

（初めての宿／変わった恋）から日常（心中話）への転化で、その日常化への転じが効いているからこそ、次の恋離れへと無理なくつながっていく。

　きのふもたはけが死んだと申す
一番はしてうにかけてやぶられて

　日常的に情死してゆく戯け者を、性懲りもなく四丁（碁の戦法）に敗れる戯け者へと見立てかえ、「碁石が死んだ」と転じている。巧みな話術による恋離れというほかない。独吟の西鶴の場合、座の文脈の作品への転位・普遍化は、やはり咄の方法に媒介されていたようだ。詩（韻文）と散文を超えた新たな「基準」をここにみたいが、もう少し時をさかのぼって通時的に検証してみよう。つぎに引くのは安楽庵策伝編の咄本『醒睡笑』（元和九年、一六二三）巻之一「謂へば謂はるる物の由来」（五）である。

宗祇、宗長とつれ立ち、浦の夕べに立出であそばれしに、漁人《ぎょじん》の網に藻を引き上げたり。
「これはなにと名をいふぞ」と問はれたれば、「めとも申し、もとも申す」と答ふ。
時に祇公《ぎこう》、「やれ、これはよい前句や」とて、
　めともいふなりもともいふなり
宗長に「付けられよ」とありければ、

引連れて野飼ひの牛の帰るさに
牝《め》牛《うじ》はうんめとなき、牡《を》牛《うじ》はうんもとなくなる。祇公感ぜられたり。
宗長の「一句沙汰あれ」と所望にて、
よむいろは教ゆる指の下を見よ
「ゆ」の下は「め」なり、「ひ」の下は「も」なり。

〔岩波文庫版『醒睡笑』参照〕

さきの「翁直しの一巻」における〈共同の所産〉の、その原形をみる思いがするが、付句の軽口調は、西鶴独吟のルーツとして読めそうだ。同文庫註（鈴木棠三）によれば宗長の付句は、牝牛がウンメー、牡牛がウンモーと鳴きかわす、そのさまを前句のメ（布）とモ（藻）に取り成しているという。これも西鶴的だが、つづく宗祇の付句は輪をかけて西鶴的である。やはり同註によれば、〈いろは歌のユの次の字はメであり、ヒの次はモである。すなわち前句のメとモをいろはで言えば、ユヒの下となる。これを幼児に指さきでいろはを一字一字さしつつ教える光景として付けた〉という。このアクロバティックな、いろはネタ（？）の系譜に、西鶴独吟の次のような発句・脇（『大句数』第三）をおくのは容易い。

ぞちるらん上を下へと花に鐘
とへほにはねをひろげ行く雁

よく指摘されるように発句の本歌は〈山里の春の夕暮来て見れば入相の鐘に花ぞ散りける〉（能因法師『新古今』）である。その結句を〈ぞちるらん〉とカットアップし、いきなり上五に据えただけではない。本歌の〈鐘に花〉の語順をも〈上を下へと〉転倒させ、入相の花に鐘が散るという〈上を下へ〉の無心所着ぶりが発揮されている。その転倒を脇がさらに受け、ハニホヘトをトヘホニハと逆詠みし、〈行く雁〉のハネへと言い掛ける。〈とへほに〉の活字は羽根の奇妙な動きを連想させよう。

私なりに〈多様な言語の可能性を想像的に再現〉するなら、あらまし以上のようなことになる。そういえば筑紫磐井は、先の宗祇のいろはネタに関し、〈頭の中を言葉が駆け回っていなければ咄嗟に思い浮かぶ機知ではない〉とその超絶技巧を称えたことがあった（『定型詩学の原理』ふらんす堂、二〇〇一年）。それはそのまま西鶴独吟にも言えるにちがいない。しかも西鶴はそれを積極的に活字化した。座を作品へと普遍化するという逆説への志向は芭蕉と同一であったとしていいだろう。ただ西鶴が作品化したのは談林的な咄の座であって、そこに近代的ジャンル観を超えた新たな「基準」を措定せずばなるまい。

周知のように西鶴の直前には師の宗因がおり、〈にて候高野山より出たる芋〉（『高野山詣記』延宝二年・一六七四）の引用転倒や〈いろはにほへの字なりなるすゝき哉〉（「真跡」万治二年・一六五九）のいろはネタ等が既にみられるが、西鶴ほどの活字志向が介在していたわけではなかったであろう。

Ⅳ

宗祇と西鶴と通時的に検証してみたけれど、共時的にいえば、もう一人の元禄文豪・近松の場合をみておく必要があろう。もっとも〈口承文化と文字文化との出会い〉といったとき、いわゆる「語り」と「咄」を同一視していいものかどうか、という問題がないわけではない。微視的に「語り」と「咄」の差異をみれば、かつて乾裕幸が『俳諧師西鶴』（前田書店、一九七九年）で分析したように、西鶴の「軽口」と惟中の「寓言」ほどの径庭があろう。がしかし、より巨視的なスタンスから「語り」と「咄」を眺めるなら、〈元禄期の作家たちが繰り広げてみせた多様な言語の可能性〉の典型が見えてくるのではないだろうか。

やはり日暮の前著から、『女殺油地獄』（享保六年・一七二一）の一場面を〈想像的に再現〉している部分を紹介したい。

憎いく〳〵も母の親、たしなむ涙堪《こら》へかね、見ぬ顔ながら伸び上がり、見れども、よその絵幟《ゑのぼり》に影も、隠れて

〔新編日本古典文学全集『近松門左衛門集（二）』参照〕

放蕩息子の与兵衛が、家庭内暴力によって勘当された直後の原文（中之巻ラスト）である。だから〈影〉は与兵衛の姿をさす。この同じ一節をひき、日暮はこう再現する。

母は気強く、見ぬ顔をしながらも涙をこらえかね、一目なりともと伸び上がるが、すでにその姿は絵幟に隠れて見えない。風にひるがえる幟だけがそこにある。この見事な描写は語りの言葉だからこそ、なし得たともいえる。四つ辻に立つ与兵衛、泣き伏す父、そっと伸び上がって眺めやる母、ひらめく幟というようにショットを重ねたような風景であり、語りの言葉の想像力を失ってしまった現代では、映像がもっともよくそれを実現できるようなものであろう。（『女殺油地獄』の作劇法」）

ジャンルを超えた新たな「基準」は〈語りの言葉〉と〈映像〉をリンクする。現近代の散文ではこうはいかないだろう。ためしに同場面の現代語訳をあげてみる。

にくいにくいと言う母とてもわが子、叱《しか》りつけながらものび上がって見ればもうその姿は、五月の節句の絵幟《えのぼり》にかくれて見えなかった。

（田中澄江訳、学研M文庫版『女殺油地獄』）

日暮のいう〈そっと伸び上がって眺めやる母、ひらめく幟というようにショットを重ねたような風景〉はここにはない。あるのは説明的な意味性と順序立てられた時間にほかならない。

もっとも同じ現近代でも韻文であれば、虚子の〈伸び上り高く抛りぬ札納〉のごとき写生句のワンショットをあげることができよう（『五百五十句』一九四三年）。しかも虚子の場合は「句日記」という方法をとるから、ショットを重ねるケースもまま見られる（仁平勝『虚子の読み方』沖積舎、二〇一〇年、参照）。そしてそのルーツに西鶴をおくことも可能と考えるが、それは次項にのべるとして、思えば〈ショットを重ねたような風景〉こそ、西鶴独吟の得意とするところであった。『大句数』（第八）の発句・脇をひく。

花に来てや科をばいちやが折りまする
　のびあがりたる山の春風

発句は〈花見にと群れつつ人の来るのみぞあたら桜の科にはありける〉（西行『玉葉集』）の本歌取りで、さらに〈科〉というキーワードから諺「科はいちゃが負う」を連鎖的に引用している。雅（本歌）と俗（諺）の取合せであるが、くわえて「おう」を「おる」と一音切り替え、枝を折って花盗人の罪を負うと洒落のめす。そうして良家に仕える乳母（いちゃ）の立場からの語りかけになっているというだけではない。そこには花を「折る」乳母の姿そのものを彷彿とさせる写実性も潜んでいる。

脇はその映像的な部分へと付けていく。〈のびあがり〉花を折る乳母の姿が、桜東風《ごち》につつまれた芽吹山へとオーバーラップする仕掛けだ。近松の語りに日暮がみた〈ショットを重ねたような風景〉に近いモンタージュ的手法を、私は西鶴独吟にみる。「語り」に潜在する映像的な可能性は、「咄」にも潜在していたとしていいであろう。ただ談林的な咄の座に媒介された西鶴の場合、軽口による滑稽性が前面に出てくるぶん、映像性が見えにくいという面は否めまい。けれどその両面価値的なところもまた、〈多様な言語の可能性〉に見合った多義的な「基準」の一つとせねばなるまい。

三、昭和の西鶴、平成の西鶴

Ⅰ　はじめに

いま現近代俳句の観点から、西鶴俳諧の可能性を探るとして、それがかなり困難な様相を呈するであろうことは容易に想像がつく。まず正岡子規の連句否定によって誕生した「俳句」というジャンルにおいて、「連句」とりわけ矢数俳諧というパフォーマンス性の高いものを云々することじたいの困難さがある。むろん断続的な連句ブーム（？）によって連句非文学論もかなり弱まってきたともいえようが、それはひとえに俳聖芭蕉の作品によるところが大きい。「移り」や「響き」による余情豊かな蕉門俳諧だからこそ連句非文学論のアンチテーゼたり得るのであって、矢数俳諧の「物付け」や「心付け」による言語遊戯は連句非文学論を助長しこそすれ、けしてアンチテーゼたり得ないであろう――と、とかく思いがちだけれど、単純にそうとばかりも言えないことを、戦後前衛俳句の雄・高柳重信は示唆していた。

昭和五十四年（一九七九）に発表された「西鶴と現代俳句」（『国文学』六月号、学燈社）で重信は、戦後三十数年を振り返り、俳壇に西鶴の名がのぼらなかったばかりでなく、自身も俳人としての西鶴をほとんど意識してこなかったと吐露したうえで、次のように続けた。

いわゆる現代俳句の実作者として眺めるときの西鶴は、あの大矢数俳諧にせよ、浮世草子にせよ、すさまじいばかりの偏執に圧倒される感じで、その情熱が何に由来するものかを、まず考えあぐねてしまうのであった。それは、現代俳句と呼ばれるものが、いつのまにか完全に忘却してしまった恐るべき言葉の洪水であり、驚嘆すべき博覧強記の垂れ流し同然の表出であった。だが、これは、現代俳句の平均的な作法から見ると、真向から否定すべきものとなってしまうであろう。

〈あの大矢数俳諧にせよ、浮世草子にせよ〉という物言いからは、二つのジャンルの最大公約数に目を止めていることが窺える。かつての少年重信が、〈浅ましく下れる〉という芭蕉の浮世草子批判（『去来抄』）によって初めて西鶴の存在を知り、いきおい西鶴を敵視しようとしたという回想もあり、頷かされる。このエピソードは冒頭の私の危惧とも重なるが、〈たどたどしい十七字の言葉を辛うじて綴っていた〉文学少年にとっては避けがたい出発点だったに違いない。

ここで重信がいう〈現代俳句の平均的な作法〉とは、〈しばらく眼前に一句をとどめて「てにをは」の隅々までも舐めるように読み耽る〉と彼自ら後述するところのものであろう。これに対して〈句調はずんば舌頭に千転せよ〉（『去来抄』）という芭蕉の遺語を想起するのは私だけではないはずだ。けれど芭蕉の場合、舌頭で練りあげた発句は常に連句形式によって相対化されていた。わけても西鶴の矢数俳諧は芭蕉発句の対極にあった。矢数俳諧の特色として重信は〈世俗的日常の喜怒哀楽が織りなす多彩な人間模様の描出〉をまずあげている。いわば当世の「流行」を丸呑みにする言語世界である。そのような西鶴的な言語世界を現代俳句はあらましオミットし続けてきた。その代償は計りしれない。果たして前衛俳句作家として大成した重信は、このことを論の後半で客観的に洞察していく。

いまや、俳人の寡黙さは、十七字の俳句表現となる以前において、すでに十七字前後の言葉しか持たないような、その言語世界の本質的な貧困に、いつのまにか変質していたのである。この際、現代の俳人たちは、あの芭蕉が蕉風の樹立に努めながら、その対極に立つ西鶴の言語世界に対しても、絶えず強い関心を抱いていたことを、改めて想起する必要があろう。蕉風以降の俳句形式が金科玉条とした不易流行の精神も、約言すれば、すでに終ってしまった時代に敢えて一人だけ踏みとどまろうとする決意を堅持しながら、なおかつ新しい時代に対して旺盛な好奇心を燃やしつづけることであった。現代の俳人も、その胸中ふかく西鶴を育てていなければならないのである。

この論考によって重信がしぼり出したラストのクライマックスだ。俳聖芭蕉の、その代表的な俳諧理念「不易流行」——中世という「不易」に立脚しながら、当世の「流行」に旺盛な好奇心を燃やしつづけるという理念——それを媒介に、現代俳句へ警鐘を鳴らしているのである。だから〈現代の俳人も、その胸中ふかく西鶴を育てていなければならない〉という結語は、「不易」を意識しつつも、西鶴的「流行」にアクセントをおいた実作者の決意にほかならなかったといっていい。

Ⅱ　昭和の西鶴

さて、戦後三十数年にわたって西鶴が俳壇の話題となった記憶がないと重信はいうけれど、昭和二十七年（一九五二）、重要な西鶴がらみの発言が平畑静塔によってなされていた。「昭和の西鶴――虚子の俳人格とその作品」（『俳句』七月号、角川書店）がそれである。

タイトルどおりに静塔は、当時俳壇の中枢を担っていた高浜虚子が「昭和の西鶴」たりえるかどうかを検証している。子規の後継者と目されながら、月並俳句の立場を承認した虚子の俳句を、〈川柳世界にも通じるものがある〉として静塔は評価する。そして〈恐らく月並から発展した西鶴俳句に対して虚子は、発言はした事はないけれども、相当の理解と敬意をもつであらうと信じられる〉という。ここでの〈月並から発展した西鶴俳句〉とは「貞門から発展した談林俳諧」といったコンテクストに読み替え可能なものであろうか。定かなことは不明だけれど、続いて静塔は〈虚子自身の俳句は、写生という防壁がなければ、すぐに月並に傾く面白さを持っている〉として次の三句をあげていく。

夏の月かゝりて色もねずが関　　虚子

七草に更に嫁菜を加へけり
公園の茶屋の亭主の無愛想

一句目の言語遊戯、二句目の諧謔、三句目の世俗的日常描写には確かに西鶴らしさがみてとれる（その意味では〈川柳世界にも通じるものがある〉という指摘も首肯できよう）[*1]。

このあと静塔は、〈子規が慨いたやうに虚子にもう少し脂ら気と、文学的勉学心があれば、昭和の西鶴になつたかも知れない〉と喝破する。先の重信の場合にも似て、俳諧師だけでなく浮世草子作家としての西鶴像をも静塔は射程に入れていたようで、だから虚子に「昭和の西鶴」を期待する静塔の視線は、俳人虚子だけでなく小説家虚子にも向けられていたといえなくもない。けれど俳句ジャンルにことを限るならば、虚子はじゅうぶんに「昭和の西鶴」たりえたのではないか。私にはどうもそう思えて仕方がないのである。

虚子が子規の後継を辞退した道灌山の事件[*2]に明らかなように、たしかに虚子には子規を落胆させた面がなかったわけではない。けれど子規が虚子に求めた「文学的勉学心」なるものが全くなかったというわけでもない。というか、子規生前はむしろ旺盛であったとさえ思われる。ただし虚子の「文学的勉学心」は、子規とは正反対の志向のもとに発揮されていたとしていい。わけても子規の否定した連句を、当時虚子ほど「文学的勉学心」をもって客観的に洞察した俳人がいただろうか。例をあげるが、これは子規生前に『ほとゝぎす』（一八九九年五月）の巻頭に発表された「聯句の趣味」という一文である。

聯句《れんく》はさまぐ〳〵の宇宙の現象、それは連絡のない宇宙の現象を変化の塩梅《あんばいよ》克く横様《よこざま》に配列したものである。彼《か》の小説の如きは一人の主人公若《も》しくは事件の上に因縁果《いんねんか》の糸を辿《たど》つて行くものであるが、聯句は其の因縁果の糸をきつてしまつて平面的に多くの現象を観察するので、若し小説の如きものを植物学者が一本の繊維を取り出だして之を研究するものに比《くら》ぶれば、聯句は植物の茎を横断して細胞の中に埋まつてゐる種々の繊維の切口《きりくち》を見るやうなものであるといつて差支《さしつかへ》あるまい。小説其他あらゆる詩編と同じく聯句も亦《ま》た宇宙の現象の美的描写なのだ、唯《たゞ》小説等は縦断的即ち縦に因縁果の糸を辿るに反して聯句は横断的即ち横に各種の現象の切口を格別に観察するに違ひがある計《ばか》りだ。

後に虚子は〈此文章は病床の子規を喜ばさなかつた〉(「連句に関心を持つ」『ホトトギス』一九四一年十月)と述懐しているが、「文学的勉学心」なくして書ける文章ではない。かつて私も〈発句の別称である立句が、その垂直志向をよく表しているとすれば、平句という名称もまた、その水平志向をよく表している〉(「連句における垂直と水平」『江古田文学』一九九一年十月)と連句の横断的性質にふれたことがある。

名は体をあらわす――ここで虚子はまだ「聯句」という言葉を使っているが、子規没後、「連歌」と峻別するために俳諧連歌を「連句」と読み替えるようになる(「連句論」『ホトトギス』一九〇四年九月)。

俳諧連歌の長句・短句は「連歌」以上に一句一句の独立性が高い。だから字義からいっても「連句」とすべきだと虚子はいう。子規が俳諧の発句を「俳句」と読み替えたことと比しても、背反する二人の志向がみてとれよう〔本書「序」の部「俳句的連句入門」参照〕。

Ⅲ　平句への潜在的意欲

子規が否定したところの連句を虚子は肯定したというばかりではない。周知のように明治期には俳体詩のような付合形式の創作をも虚子は試みた。くだって昭和十三年（一九三八）には高浜年尾を発行者として『誹諧』を創刊、あらためて連句に力を注ぐ。がしかし、だからといってこれらの活動がただちに「昭和の西鶴」へとつながるといいたいわけではない。虚子という存在はそんなに単純ではない。「昭和の西鶴」としての虚子を考察するためには、虚子の「俳句における平句意識」を掘り下げてみる必要がある。そこで再び高柳重信の論考をとりあげたい。さきに引いた「西鶴と現代俳句」より一年ほど前に書かれた「俳句形式における前衛と正統」（『現代俳句の軌跡』永田書房、一九七八年）がそれである。[*3] そこで重信は、〈連句の発句から脱却して、新しい俳句形式の新天地を目指した子規の理想〉を評価する立場をとっている。そうしたパースペクティヴから、新傾向俳句・自由律俳句・新興俳句などの軌跡を概括しているわけだけれど、その対極にある虚子が自ずと批判の対象となっているのはいうまでもない。つまりこの論考はアンチ虚子のコンテクストにあるわけだが、ラスト近くで重信はそのコンテクストにおける二律背反について皮肉にも言及せざるをえなくなる。

それにしても、連句にかかわる一切を断念するということは、新しい俳句形式に賭ける当然の決意であろうが、また一度、常に自在でありたい一個の詩人の立場からすれば、みずから手を縛ってしまうに等しい行為でもあった。だから、断念は断念として、やはり昔日の俳人たちに許されていたように、七七の短句や、発句ではない自由な五七五などを書いてみたいという潜在的な意欲が、そう簡単に眠ってしまうことはなかった。たとえば、自由律の俳人たちが盛んに試みた短律や、新興俳句運動の渦中での連作俳句や無季俳句の実践などは、おそらく、そういう潜在的な意欲が、おのずから噴出して来たものと思うことも出来よう。そして、また、それらの試行すらが、彼等にとっては新しく俳句に出会うための健気さの現れであったと言うべきであろう。

新しい俳句形式に出会うためのアンチ虚子的な戦いが、断念したはずの連句の平句形式（長句や短句）へと潜在的に取って返すという逆説の提示は、二つの意味で私を瞠目させる。まずは単純に「連句への潜在的意欲[*4]」の強さに驚くが、いま一つ、虚子の洞察力の広さ深さに改めて想到するのである。なぜなら重信より以前に（やや違った位相からではあるが）俳句における「連句への潜在的意欲」について虚子が再三言及しているからである。

近来の俳句は付句で試みたやうな人事をも縦横に詠じてをる。（昭和十四年三月）

私達は連句は作らず俳句のみを作つて来たものですから、勢ひ俳句の中に連句の領分が這入つて来まして、昔は連句でなければ言はないことを此頃は俳句でどし〳〵いふやうになつて来ました。（昭和十五年一月）

〈付句で試みたやうな人事〉と〈連句の領分〉とはシノニムであろう。二箇所とも『俳談』（中央出版協会、一九四三年）から引いたけれど、これらの発言がなされた昭和十五年（一九四〇）頃といえば、くしくも新興俳句が弾圧をうけた時期とかさなる。といって虚子の新興俳句批評というわけではもちろんない。ここには「私たち」という主語もみえるし、同様の発言が後年の「薫風俳話」（『ホトトギス』一九四四年七月）や「研究座談会」（『玉藻』一九五四年八月）などでくり返されている。また高浜年尾にも似たような文章（『俳諧手引』創元社、一九四六年）がある。こうしたことから察するに、ホトトギスを中心とした俳壇についての言及であろうと思われる。

そもそも重信が新興俳句にみた「連句への潜在的意欲」とは、〈発句ではない自由な五七五〉つまり季語や切字に拘束されない平句（付句）への潜在的な意欲であった。具体的にそれは、連作俳句やそこから派生した無季俳句として顕在化された。ひるがえって虚子が自派にみた潜在的意欲とは、〈人事をも縦横に詠じ〉る平句へのそれであり、当然のことながら季語を否定するものではなかった。

このように季語志向の有無が、両者を微妙に差異づけている。その微妙な差異に針をたてることもできようけれど、「平句への潜在的意欲」という、より大きな概念でそれらを包摂しうることも、また否めない事実であろう。いうまでもなく平句には、雑（無季）もあれば季句もあり、人情（人事）句もあれば場（写生）の句もあるわけで、さまざまな潜在的意欲に応えうる多様性を想定できる。だから私がここで針をたてたいのは、季語志向云々ではなく、別の面にある。それは多義的な平句への「潜在的意欲」を虚子がリアルタイムで認識していたという点である。

重信の「潜在的意欲」への発言がどことなく悲劇的な逆説を感じさせるのに対し、虚子のそれは空恐ろしいくらい楽観的だ。この相違は、重信の洞察が動かしがたい過去へ向けたものであるのに対し、虚子のそれがリアルタイムになされたものという違いに少なからず起因していよう。なぜなら、俳句における「平句への潜在的意欲」の多義性を現在進行形で感じとった虚子は、己に都合よく創作理念を更新することが可能であったはずだからである。実際、前述の「薫風俳話」（昭和十九年・一九四四）では、平句的な俳句の隆盛は子規の連句否定の賜物であると新しい逆説的評価を下している。これまで虚子自らが牽制してきた連句非文学論のおかげで「平句への潜在的意欲」が発生し得たというのである。皮肉な反作用を不敵にも評価しているのだ。

これらを確認したうえで、さきの『俳談』の余裕綽々たる発言（一九四〇年）を再読するとき、「虚子、畏るべし」と思わずにはいられない。そして論のみならず実作においても虚子は、『五百五十句』（一九四三年）以降、「句日記」という途轍もない偉業を達成していくことになる。

これはすでに仁平勝が『虚子の近代』（弘栄堂書店、一九八九年）で指摘したことだけれど、収録句に日付を記すという「句日記」の形式は、〈その平句的な仕立てを保証するための、連句に代わるフォルムであった〉ともいえる。つまりそこには、虚子の確信犯的な「連句への意欲」がみてとれるのだ。[*5]はたしてこの「句日記」の実績こそが、虚子を「昭和の西鶴」たらしめていくのである。

Ⅳ だんだら模様

「平句への潜在的意欲」を過去形で語った重信は、一年後に〈現代の俳人も、その胸中ふかく西鶴を育てていなければならない〉と論考の焦点深度をふかめていった。いっぽう現在進行形で「平句への潜在的意欲」に言及した虚子は、その三年後に「句日記」という方法をもって西鶴的「流行」を逸早く体現、生涯に二十万句を越える独吟をなしていく。連句否定論者の子規は「明治二十九年の俳句界」（『日本』一八九六年）において虚子の人事句を否定したことがあったが、人事詠なくして二十万句を越える偉業の達成はあり得なかったであろう。

だがそれにしても、私は抽象的な物言いを続けすぎたかもしれない。このへんで虚子が「昭和の西鶴」たるべきを具体的に述べる必要があろう。さきに平畑静塔が選んだ虚子の三句（『五百五十句』所収二句と無季一句）を孫引きしておいた。そこに、俳諧の平句をルーツとする「川柳世界」を静塔はみていた。その世界を内容的に換言すれば、虚子自ら述べた〈付句で試みたやうな人事〉つまり人情句ということになろう。がしかし、句形としては切字（切れ）を用いた「発句仕立て」の作が虚子にもないわけではなかったし、内容的にいっても自然詠がなかったわけではない。後述するように大岡信のいう〈だんだら模様〉を「句日記」は成しているのだ。よって「発句仕立て」と「平句仕立て」とに分け、そのうえで西鶴俳諧に通底する〈だんだら模様〉をみることにしよう（まず一句目に虚子をあげ、続いて西鶴を引くが、連句の前句には［　］を付す）。

富士浅間二日灸の煙かな　　虚子「五百句時代」（明治三十二年・一八九九）
冨士のけぶりしかけて廻り燈籠哉　　西鶴『点滴集』（延宝八年・一六八〇）
はたち計《ばかり》冨士の烟やわかたばこ　　同『点滴集』
朝の間のたけや目覚しの若たばこ　　同「自筆短冊」（年代未詳）
［追付身上《おつつけしんしやう》風の行衛《ゆくへ》は］
雑木《ざふき》焼《やく》冨士の煙が多ひ《(い)》げな　　同『大矢数』第二十八（延宝九年・一六八一）

いみじくも虚子は、西鶴好みの題材を切字「かな」による「発句仕立て」で詠んでいる。先に、やはり静塔の言〈西鶴俳句に対して虚子は、発言はしたことはないけれども、相当の理解と敬意をもつであらうと信じられる〉という一節を引いておいたが、その傍証ともなろう。[*6]

西鶴の時代、富士の噴煙があがっていたか否か、定かではないようだ。けれど〈雑木焼〉の前句に

〈風の行衛は〉とあるように、〈風になびく富士の煙の空に消えて行方も知らぬ我が思ひかな〉（西行『新古今』）に代表される古典作品がすでに流布していた。くわえて西鶴の場合、師であった梅翁（宗因）の作句理念を、晩年こう概括してもいたのだ。

難波の梅翁先師、当流の一体、たとへば富士のけぶりを茶釜に仕掛《しかけ》、湖を手だらひに見立《みたて》、目の覚めたる作意を俳道とせられし。付かたは、梅に鶯、紅葉に鹿、ふるきを以《もつてこれ》是新しき句作り也。
（『独吟百韻自註絵巻』序文、元禄五年・一六九二）

梅―鶯、紅葉―鹿といった「不易」の付合に依拠しながら、富士の煙に茶釜をしかけたり、湖を手盥に見立てたり、そんな奇抜な作意によって「流行」をなすことこそ宗因流の俳諧だというのである。だから掲句のように富士の煙に〈廻り灯籠〉〈若たばこ〉や〈雑木〉をしかけ、当世の「流行」を詠みこんだのである（〈朝の間のたけ〉は浅間嶽を言い掛けた〈煙〉の抜け）。
対して虚子は、近代の富士浅間にまで〈煙〉を連想し、〈二日灸〉という春の季語をしかけた。碧梧桐にも〈両肩の富士と浅間や二日灸〉（『春夏秋冬』明治三十四年・一九〇一）の類句があるが、説明的な上五が句柄を小さくしている。西鶴や虚子のスケールには及ばないだろう。

遠山に日の当りたる枯野かな　　虚子『五百句』（昭和十二年・一九三七）

桜咲《さく》遠山はまだかげながら　西鶴『俳諧之口伝』（延宝五年・一六七七）

やはり虚子の句は切字「かな」による「発句仕立て」。西鶴句とは対照的な情景をとらえつつも、そのリアリズムの方法は軌を一にしている。連句でいう人情ナシの「場」の句であるが、虚子からすれば客観写生による自然詠であろう。

初空や大悪人虚子の頭上に　虚子「五百句時代」（大正七年・一九一八）

［つる持鍋や冬籠る宿］

潰《ツブ》しめと人にいはれてたのしめる　西鶴『大矢数』第一（前出）

虚子句は切字「や」による「発句仕立て」。今でいう「自虐ネタ」だが、他者からの批判を逆エネルギーにするしたたかさが西鶴の付合と似かよう。マイナス面を〈たのしめる〉心象として〈冬籠る宿〉も〈初空〉も描出されていよう。

これよりや時雨落葉と忙がしき　虚子『五百五十句』（昭和十八年・一九四三）

暮《くれ》て行《ゆく》時雨霜月師走哉　西鶴『俳諧三物盡』（元禄四年・一六九一）

ことしもまた梅見て桜藤紅葉　同『蓮実』（元禄四年・一六九一）

虚子の句、これも切字「や」による「発句仕立て」だが、切れはやや浅い。上五〈これよりや〉の措辞が、西鶴発句に同じく中七以下の名詞の羅列を呼びこみ、時の流れを予感させる。虚子からすれば、いわゆる花鳥諷詠の作であろう。

此頃の吉原知らず酉の市　虚子『六百五十句』（昭和三〇年・一九五五）

［身にしめる老の慰《なぐさみ》碁双六（日信）］

今のやうすはしらぬ島原　西鶴『大句数』第八（延宝五年・一六七七）

虚子句は切字「ず」による「発句仕立て」。下五〈酉の市〉は、日信の下五〈碁双六〉と同様に隠居老人の余生を匂わす。したがって虚子の句は、西鶴と日信の付合（水平性）を発句の取合せ（垂直性）に変換した人情句と解することができよう。

つぎに切字（切れ）のない「平句仕立て」のものをみたいが、「句日記」を〈連句に代わるフォルム〉としてとらえる仁平勝の、その平句的解釈にそって西鶴との比較をこころみてみたい。まずは西鶴的なる「流行」の恋句。

さしくれし春雨傘を受取りし　虚子『五百句』（前出）

この句に関し、「虚子のモダニズム――発句の解体」（『国文学　解釈と鑑賞』二〇〇九年一一月、ぎょうせい）で仁平はこう批評している。

どうやら芝居の「月形半平太」が隠れている気がする。雛菊が「月様、雨が……」と傘を差し出し、半平太が「春雨じゃ、濡れてまいろう」と答える有名な場面だ。この初演は大正八年だが、虚子のアンテナはそういう流行もキャッチしたはずだ。〔中略〕ちなみにこの句は、半平太が断った「傘」を受け取ったというところに、いわば俳諧味があるわけだ。そうでなければ、どこがおもしろいのかわからない。

この句には〈大正十三年〉と記されてある。文字どおり「流行」の恋句といっていいだろう。西鶴の俳諧に、似たような恋の面影付けを探るのは容易い。

「おとこ《を》と合点《がてん》で女郎花さく」
心中をたてりと思へば笑《をか》しい迄　　西鶴『大矢数』第二（前出）

〈おとこ〉―〈心中〉、〈女郎花〉―〈たてり〉といった詞付けによる文脈が〈笑しい〉というだけではない。前田金五郎著『西鶴大矢数注釈　第一巻』（勉誠社、一九八六年）に次のような解説がある。

謡曲『女郎花』では、小野の頼風を恨んで身投げした、妻を埋めた女塚から生えた女郎花が、草となっても夫を嫌ったので、失望した夫も水の波となったと記すが、ここでは逆に、女郎花が男に心中を立てぬくと云うパロディーか。

仁平が虚子の恋句に指摘した〈俳諧味〉もまた〈パロディー〉によって醸成されたものであった。ともに原作のもじりによって表わされた「流行」に相違ない。

次は季題の問題。さきの文章で仁平は〈虚子の季題もまた、やはり平句の季に近い〉として例句を三つあげ、それぞれに解釈をほどこしている。とりわけ「花」に関する記述が興味深いので、作品とその解釈を続けてひく。

箸で食ふ花の弁当来て見よや　　虚子『五百五十句』（前出）

ドイツを旅行してヴェルダーという桜の名所を訪れたときの句で、「藤室夫人携ふるところの日本弁当を食ふ。群衆怪しみ見る」という詞書がある。他愛ない句だが、一句の主題は「箸で食ふ」弁当であって、「花の」は付け足しでしかない。

ここでいう〈付け足し〉とは、梅―鶯、紅葉―鹿といった不易の「あしらい」にもいえることで、西鶴好みの方法にほかならない。不易の〈花〉を付けたりに、流行の〈弁当〉を虚子は詠んだのである。では矢数俳諧の花の座から似た例をひこう。

やうすきけ花は都の相場物
[大節季《おほぜつき》までいゝ(ひ)延《のべ》て松]　　西鶴『大矢数』第十（前出）

〈松（待つ）〉―〈花〉はたんなる雅語的「あしらい」である。一年の貸借決済をする大節季（大晦日）まであれこれ言いわけし、相場物（価格変動の激しい商品）の様子（市況）を聞け――そんな『世間胸算用』的な俗文脈こそ付合の主眼にちがいない。こうした雅語に対する俗語の優位性を西鶴は、『日本永代蔵』（貞享五年・一六八八）で〈人の家にありたきは梅・桜・松・楓、それよりは金銀米銭ぞかし〉と表現した（巻一ノ二）。この観点からすれば「不易」の花の座（桜）は、弁当（米）や相場（金銀）といった「流行」の、たんなる添え物（投げ込みの花）と化しているといっていいだろう。

ほかにも類似例は枚挙にいとまがない。

行春や畳んで古き恋衣　　虚子「五百句時代」（明治三十年・一八九七）

長持へ春ぞ暮行《くれゆく》ころもがへ　　西鶴『落花集』（寛文十一年・一六七一）

西鶴最初期の代表作。惜春の表現が似かよう。

出代の醜き女それもよし　　虚子「五百句時代」（昭和八年・一九三三）
眉目よしといふにあらねど紺浴衣　　同『五百五十句』（前出）
黄昏や藤女首筋黒くとも　　西鶴『蓮実』（前出）

〈黄昏や藤〉は後に〈藤は暮ぬ〉（『誹林一字幽蘭集』元禄五年・一六九二）と改作されたようだが、いずれにしろ遠慮ない描写の裏にひそむ愛惜が似る。

手より手に渡りて屏風運ばるゝ　　虚子「五百句時代」（昭和八年・一九三三）
ひらに是へそれへ提重《さげぢゆう》送られて　　西鶴『大句数』第八（前出）

スナップショット的写生句ながらともに口拍子の作。

菊車よろけ傾き立ち直り　　虚子『六百句』（昭和二十一年・一九四六）

不便《ふびん》や桜《さくら》とつて押《おさ》へて板木摺《ハンギスリ》　　西鶴『太夫桜』（延宝八年・一六八〇）

西鶴発句の〈桜〉は木版印刷用の板木（版木）の材料として擬人化されている。硬質で木目の細かい山桜は板木の用材とされた。〈不便や〉は謡曲でよく使われるフレーズで〈や〉は切字ではない（不便は不憫の用字）。つまり「かわいそうな桜の木だ」と字余りながら上五で軽く切れる。さらに謡曲『忠度』から、一の谷の合戦の場面が引用される。戦場で相手を〈とつて押へ〉るのを、板木を〈とつて押へ〉るとシャレたのである。このような「謡曲取り」による口拍子は、動詞を連発する虚子句へとつながっていよう。

V　平成の西鶴

新興俳句や自由律俳句における「平句への潜在的意欲」に言及し、その後西鶴的なる「流行」にまで焦点深度をふかめた重信は、自らの創作においてどのような展開をみせたか。重信自身の言をもって敢えて問うなら、〈発句ではない自由な五七五〉を媒介に〈多彩な人間模様の描出〉を果たし得たか。かつて折笠美秋が指摘したように、もともと重信の多行俳句は連句的な付合の可能性を内包していた。[*7] しかしあくまでもそれは「不易」のミクロコスモスを庶幾したものであり、西鶴的「流行」のマクロコスモスとはほぼ無縁ではなかったか。[*8] 最晩年には「習作歌仙」を合作するも、未完のまま急逝（一九八三年、享年六十歳）――新たな創作への道は無念にも断たれてしまった。[*9]

残念ながら重信における西鶴的「流行」は論考にのみ終わったかの如くであるが、じつはそうではなかった。昭和四十八年（一九七三）、『俳句研究』編集長として重信は「五十句競作」を企画し、自身の選によってとある新人を発掘した。戦後生まれの旗手・攝津幸彦である。やがて当時の若手俳人による同人誌『豈』の編集発行人となった幸彦は、マイペースでの創作活動を維持し、晩年に至って「静かな談林」を宣言する。[*10] 曰く〈高邁で濃厚なチャカシ、つまり静かな談林といったところを狙っているんです〉（『太陽』一九九四年十二月）――この宣言のルーツをたどるならば、ほかでもない重信による西鶴的「流行」宣言へと行きつきはしないだろうか。それかあらぬか重信は幸彦の初期句集『鳥子』（ぬ書房、一九七六年）の序文で、幸彦の不思議な文体の文章を〈吃り吃りの饒舌〉と比喩したことがあった。二十年近くを隔てて「静かな談林」の形容矛盾とそれは響きあう。

以下、Ⅳ節に同じく西鶴俳諧との比較をこころみてみたい（やはり一句目に幸彦をあげる）。

幾千代も散るは美し明日は三越　　幸彦『鳥子』（昭和五十一年・一九七六）

春は曙羞《マバユ》明し末の世の官《くわんによ》女　　西鶴『きさらぎ』（元禄五年・一六九二）

まずは重信が〈吃り吃りの饒舌〉と序文に記した『鳥子』からの一句。〈散華の美学と「今日は帝劇明日は三越」という有閑上流階級の風俗を対比したもの〉とは川名大による寸評である（ちくま学芸文庫『現代俳句』二〇〇一年)。カットアップによる片言の饒舌体である。対して西鶴のは『枕草子』の有名な冒頭の引用からはじまる。〈羞明し〉には「目映い」と「気恥ずかしい」の両方の意がかけてある。つまり「当世の宮仕えの女たちは未だに清少納言の目映さを越えられず、世も末の気恥ずかしさだ」といった風で、これまた片言の饒舌体だ。

してゐる冬の傘屋も淋しい声を上ぐ　　幸彦『鳥屋』(昭和六十一年・一九八六)
ぞちるらん上を下へと花に鐘　　西鶴『大句数』第三(前出)

いきなり述語から始まり、主語を後出ししているだけではない。両句とも〈上ぐ〉、〈上を下へ〉と語順の転倒を示唆してもいる。やはり片言の饒舌にちがいない。

日の丸をたゝむ茶店を畳むごと　　幸彦『陸々集』(平成四年・一九九二)
秋風に出店をたゝむ扇哉　　西鶴『点滴集』(前出)

この幸彦句について仁平勝は、〈言葉の多義性というものに攝津がいかに意識的であるかを示している〉という(「『陸々集』を読むための現代俳句入門」弘栄堂書店、一九九二年)。まさに西鶴的な作句意識を持っていたのだ、幸彦は。

十月十日の十字懸垂聖ならずや　　幸彦『陸々集』(前出)
牢人や紙子むかしは十文字《じふもんじ》　　西鶴「画賛十二ヶ月」(貞享年間・一六八四〜八)

おなじく〈言葉の多義性〉が活かされた二句だが、前の例より手が込んでいる。仁平勝はこの幸彦句に、十月十日→東京オリンピックの開会式→十字懸垂といった仕掛けをといているだけではない。〈聖ならずや〉の措辞によって、十字懸垂→十字架のキリストという展開までとく(同前書)。日付を「とつきとおか」と読めば、もっと解釈は多義的になろう。

対して西鶴句は、浪人(牢人は当時の用字)→紙子(貧乏の象徴)→十文字(紙子の材料にする厚紙)といった仕掛けだけでなく、浪人→むかし→十文字槍《やり》(俸禄の高い武士)という展開もふくんでいる。「浪人の着ている紙子はもともと十文字の厚紙だが、浪人とて昔は十文字槍のお供を許された上級武士であった」といった風である。

文芸の美貌の風や夏館　　幸彦『陸々集』(前出)
桜影《さくらかげ》かなし世の風美女が幽霊か　　西鶴「書簡」(元禄五年・一六九二)

この幸彦作品について仁平は〈一句が意味として成立するのを拒否している〉としながら、〈夏の館に美貌の女性がいて、そこを涼しい風が吹き抜けていくといったイメージ〉を指摘する（同前書）。西鶴発句もまた〈一句が意味として成立するのを拒否〉しながら、「散る桜の樹影に薄命の美女の幽霊がいて、そこを現世の風が吹き抜けていくといったイメージ」を持っていよう。

以上、〈片言の饒舌体〉〈言葉の多義性〉そして意味の拒否によるイメージ生成、つまりは〈だんだら模様〉をなす二人の通底性を確認した。

ところで幸彦が発行人をつとめた頃の『豈』の遅刊はいまや伝説となっているが、それでも生前、七冊の句集が残された。なぜか。一気呵成に二百句を、数度にわたって書き上げたというエピソードが攝津夫人によって書き留められている（『幸彦幻景』二〇〇七年、スタジオエッヂ）。一昼夜に何千句、何万句を吐いた西鶴の公開連句が往時の「賑やかな談林」ならば、短時日に何百句も現代俳句を書いた幸彦の密室吟は「静かな談林」というにふさわしい。さらにその伝でいくと生涯に二十万句を越えた虚子の「句日記」は、さしずめ「したたかな談林」となろうか。そういえば晩年のインタビュー（『恒信風』一九九六年二月）で幸彦は、虚子俳句へのシンパシーを次のように披瀝していた。

「なにかがあるけどなにもない」みたいな俳句を目指すためには、やはり厖大な量を書いて、そのなかの何句かが生き残るみたいなことになるのかなあ。高浜虚子あたり、そうなんじゃないかと思うけれど、例えば〈流れ行く大根の葉の早さかな〉でしたっけ。ああいう句は非常に好きなんですよね。あるいは〈遠山に日の当りたる枯野かな〉とか〈川を見るバナナの皮は手より落ち〉。ああいう、とにかく非常になんでもない句、しかし俳句然としてそこにあるみたいなね。なんか原初に帰るみたいな、そういう一句が書きたくてしょうがないんですね、今は。

「遠山に」の虚子作品と西鶴俳諧との類似性はⅣ節に述べたとおりであるが、幸彦にとって西鶴はどのような存在であったか。平畑静塔のひそみにならって言えば〈相当の理解と敬意をもつであらうと信じられる〉のではないか。

口惜しいことに幸彦もまた重信に同じく志半ばにして急逝した（一九九六年、享年四十九歳）。けれど同人誌『豈』は今も活況を呈し、後続世代の俳人達が幸彦俳句の顕彰を続けている。本節を「平成の西鶴」とした所以である。

Ⅵ　おわりに

かつて大岡信は〈一九五〇年代後半から六〇年代にかけて私の知った歌人たちはもちろん、俳人たちでさえ、真剣に高浜虚子のことを論じるような人に出会ったことは、ただの一度もなかった〉と述べた（岩波文庫『虚子五句集』下巻「解説」、一九九六年）。皮肉にもその〈俳人たち〉の一人であった高柳重信は、戦後三十数年にわたって西鶴が俳壇の話題にのぼった記憶がないと訴えた。重信は西鶴的「流行」を現在形で提言したが、大岡は〈世の《前衛》俳人たちが虚心坦懐に虚子に学ぼうとしたなら、得る所きわめて多かっただろうに〉（同前）と過去形で訴えた。一見対照的ながら、重信の西鶴礼賛と大岡の虚子礼賛は、「流行」というキーワードを介し、時空を超えてつながるであろう。そしてその系譜に攝津幸彦もいる。つぎに引く大岡の虚子評は、西鶴を発端に幸彦へといたる言語世界の可能性を期せずして伝えていないだろうか。

虚子の俳句世界は、その中を逍遥すればするほど、柄の大きさ、懐ろの深さ、感情の茫洋たる広がりと繊細きわまる微小なるものへの注視、共存する微笑と哄笑、滑稽と挨拶その他、だんだら模様に覆われた広大な言語世界であることがわかってくる。（同前書）

本項Ⅳ節を〈だんだら模様〉と題した所以である。前衛／伝統といった区分けは、俳諧の継承においてほとんど意味をなさない。西鶴の系譜がそのことを教えてくれる。

はいくほくはいかい鉛の蝸牛　　幸彦『四五一句』（平成九年・一九九七）

1　西鶴俳諧の川柳性については拙著『西鶴という俳人』（玉川企画、二〇一四年）において詳述した。

2 〈学問をする気はない〉と虚子が子規の後継を拒絶した顚末は、虚子の回想『子規居士と余』（日月社、一九一五年）に詳しい。また子規書簡（五百木良三宛、一八九五年十二月十日頃）に〈小生が彼に（補註・子規が虚子に）忠告せし処は学問の二字に外ならず候〉とある。
3 初出は『国文学』（学燈社、一九七六年二月）であるが、引用したラストの一節は重信の単著『現代俳句の軌跡』（永田書房、一九七八年）収録時に加筆されたものである。
4 「連句への潜在的意欲」については拙著『可能性としての連句』（ワイズ出版、一九九六年）において詳述した。
5 たとえば一茶の『七番日記』（文化年間）などを、この「句日記」の先蹤と見なすことはできない。いうまでもなく一茶の日記は、あえて連句に代わるフォルムを欲する必要のなかった近世の作品だからである。
6 じつは虚子は芭蕉連句を介して西鶴の浮世草子には言及したことがあった。〈芭蕉が謹厳な道徳的な宗教的な、それに閑寂趣味に住してゐた人として俳句だけでは解釈してゐるが、連句を見るとそればかりではなくて範囲がもつと広いものになつて、近松門左衛門の心中物、井原西鶴の好色物等のそれ等に近い人生のことを知つてゐて描いたといふことが認められる。〉（『玉藻』一九四九年五月）これは重信が、〈あの芭蕉が蕉風の樹立に努めながら、その対極に立つ西鶴の言語世界に対しても、絶えず強い関心を抱いていた〉（前掲「西鶴と現代俳句」）と述べたことと照応する。
7 折笠美秋「多行形式俳句」（『俳句研究』一九七〇年十一月）
8 重信の多行形式俳句については、〈高柳が意識のなかで一つの範とした連句的世界の豊饒さとは無縁のままで終わってしまった〉と堀切実も評している（「「多行形式俳句」という挑戦」『連歌俳諧研究』一二八号、二〇一五年三月、俳文学会）。
9 重信の「未完習作歌仙」（『雲』一九九三年十二月）については拙著『「超」連句入門』（東京文献センター、二〇〇〇年）において詳述した。

10「静かな談林」については本書「俳クリティークⅢ」を参照されたい。

参考文献

乾裕幸『西鶴俳諧集』（一九八七年、桜楓社）
乾裕幸『俳諧師西鶴』（一九七九年、前田書店）
新編日本古典文学全集『井原西鶴集　三』（一九九六年、小学館）
野間光辰編『定本西鶴全集』第一〇巻（一九五四年、中央公論社）
野間光辰編『定本西鶴全集』第一一巻（一九七五年、中央公論社）
野間光辰編『定本西鶴全集』第一二巻（一九七〇年、中央公論社）
折笠美秋『否とよ、陛下』（一九九八年、折笠美秋俳句評論集刊行会）
『攝津幸彦全句集』（一九九七年、沖積舎）
『俳句幻景――攝津幸彦全文集』（一九九九年、近衛ロンド）
『攝津幸彦選集』（二〇〇六年、邑書林）
『定本　高濱虛子全集』第十二巻「俳論・俳話集」（一九七四年、毎日新聞社）
『高濱虛子集』（一九八四年、朝日文庫）
『虛子五句集』（一九九六年、岩波文庫）
高浜虚子『俳句への道』（一九九七年、岩波文庫）
高浜虚子『俳談』（一九九七年、岩波文庫）
高浜虚子『回想　子規・漱石』（二〇〇二年、岩波文庫）
竹野静雄「西鶴発句一覧稿」（『東洋学研究所集刊』二〇〇二年三月、二松学舎大学）

中嶋隆編『井原西鶴』21世紀日本文学ガイドブック（二〇一二年、ひつじ書房）
仁平勝『虚子の読み方』（二〇一〇年、沖積舎）
平畑静塔『俳人格――俳句への軌跡』（一九八三年、角川書店）
東明雅ほか編『連句辞典』（一九八六年、東京堂出版）
前田金五郎『西鶴発句注釈』（二〇〇一年、勉誠出版）
村松友次『夕顔の花――虚子連句論』（二〇〇四年、永田書房）
吉江久彌『西鶴全句集　解釈と鑑賞』（二〇〇八年、笠間書院）
新編日本古典文学全集『連歌論集・能楽論集・俳論集』（二〇〇一年、小学館）
新編日本古典文学全集『連歌集・俳諧集』（二〇〇一年、小学館）

〈俳クリティークⅢ〉

無心所着のゆくえ

攝津幸彦の場合

Ⅰ

晩年の攝津幸彦が、〈高邁で濃厚なチャカシ、つまり静かな談林〉を志向したについては、すでに拙著『中層連句宣言』（北宋社、二〇〇〇年）で述べた。そのときは『鹿々集』（ふらんす堂、一九九六年）の作品を中層連句的な観点から批評した。だから、句集未収録の次の作品については敢えて言及しなかった。

談林の屋根支へむと蚊の柱　　幸彦（「燭」三号）

『攝津幸彦全句集』（沖積舎、一九九七年）の「未定稿句集」によれば、一九九四年の作品である。幸彦の「静かな談林」発言は、同年十二月号の雑誌『太陽』（平凡社）に掲載されている。時期的にみて、掲出句の〈談林〉と「静かな談林」発言とは、とうぜん無縁ではないだろう。それかあらぬか、こんな一句もある。

蚊柱の如き思ひを思ひけり　　　　幸彦（『鹿々集』）

これを〈談林の屋根〉の句と関連させてよめば、〈蚊柱の如き思ひ〉とは「静かな談林」の屋根を支えようとする俳人幸彦の、その中層的な思いといえなくもない（表層意識と深層意識の狭間の中層は「夢」生成の場でもある）。とすれば中層的な〈思ひ〉＝「夢」をさらに思念した〈思ひけり〉とは、その表層化・意識化の謂にほかならず、「静かな談林」を志向する、幸彦の意思そのものの表現ではなかったか――。

などと夢想（夢走？）し始めたが、もとより怠惰な私の思考はこれ以上すすまなかった。爾来、気にかけながらも、じょじょに問題意識が薄れていったというのが正直なところだ。それがひょんなことから再び気にかかりだしたのである。

Ⅱ

くしくも本年（補註・二〇〇六年）は、攝津幸彦没後十年というだけでなく、江戸の俳諧師其角の三百回忌でもある。過ぎし二月二十六日、小規模ではあるけれど「宝井其角三百回文学忌記念シンポジウム」なる催しが江戸東京博物館の会議室で開かれた。加藤郁乎翁を筆頭とする錚々たるパネリストに紛れ、私も簡単なスピーチを仰せつかった。

〈俳クリティークⅢ〉

無心所着のゆくえ

題して「西鶴と其角——無心所着について」。

周知のとおり其角は、蕉門にありながら西鶴に関わった稀有な存在である。西鶴のあの一昼夜独吟二万三五〇〇句という記録樹立に際しても、其角は後見役を務めた。そんな二人の作風の共通項として「無心所着」をとりあげてみたのである。

つぎに引くのは、談林のオピニオン・リーダー岡西惟中の発言だ。

すべて歌・連歌におゐ《(い)》ては、一句の義明らかならず、いな《異》事のやうに作り出せるは無心所着の病と判ぜられたり。俳諧はこれにかはり、無心所着を本意とおもふべし。
(『俳諧蒙求《もうぎう》』延宝三年・一六七五)[*1]

和歌・連歌において〈病〉と言われた無心所着を、談林俳諧では〈本意〉とするべきだというのである。微視的には、北村季吟(『誹諧用意《ようい》風躰《ふうてい》』延宝元年・一六七三)など無心所着に否定的な貞門派への反動がうかがえる。けれど巨視的にいえば、俗文学たる俳諧が雅文学におけるマイナス面をプラスに転化するというのは必然にちがいない。

では、さかのぼって和歌・連歌における〈無心所着の病〉とは具体的にどのようなものであったのか。乾裕幸によれば、鴨長明の歌論書『無名抄』(十三世紀初期)では無心所着を達磨宗（禅問答のように晦渋で捉えどころのない歌風）と言い換え、藤原定家らの新風を誹謗したという。また「達磨宗」という蔑称は、歌病《かへい》として退けられた「乱思病」へとつながるらしい。つまり定家らの歌病＝乱思病＝無心所着という等式が成りたつという次第だ。さらに乾によれば、藤原為顕《ためてる》の歌論書『竹園抄』（十三世紀後半）に〈乱思病といふは、うたの心も聞こえず、理《ことわり》もなきうたなり〉とあり、そのサンプルとして、定家の〈春の夜の夢の浮橋とだえして峯に別るゝ横雲の空〉（『新古今和歌集』十三世紀初期）をあげているというのだ[*2]。

ここで、定家の〈夢の浮橋〉をサンプリングした其角のつぎの句が問題となる。

蚊柱に夢の浮はしかゝる也　　『葛の松原』（元禄五年・一六九二）

『葛の松原』とは各務支考の俳論書だが、〈定家の卿の「夢のうき橋」はとだへてひさしくなりぬれば〉と其角自讃の句であった旨、しるされている。たしかに『本朝文鑑』（享保二年・一七一七）には其角による「蚊柱ノ自讃」が収められており、さらに支考による次のような註記まで付されてある。

〈俳クリティークⅢ〉

無心所着のゆくえ

定家ノ卿ノ歌ニ、春ノ夜ノ夢ノ浮橋トダヘシテ峯ニ別ルヽ横雲ノソラ、トハ無心所着ノ所ニシテ、此卿ノ風格ハ、千吟万詠モ此躰ナルヲ、晋子（補註・其角）モ一生爰ヲ学ベリ。[*3]

つまり、「夢のうき橋」に代表される定家の歌の風格は、すべて無心所着であって、晋子其角も一生そこを学んだというのである。前述のとおり定家らを誹謗した「達磨宗」という呼称は「乱思病」とも換言されたわけで、歌病＝乱思病＝無心所着という等式はやはり成りたつようだ。支考の俳論家ぶりがうかがえるが、其角にかんする無心所着への言及はこれだけではなかった。じつは支考は、さきの『葛の松原』でも、〈夢ともなく、うつゝともなき無心所着の観想、かばしらのごとき物〉と其角の「蚊柱」句を賞していた。ここで私の思考は、先の幸彦作品〈蚊柱の如き思ひを思ひけり〉へとフィードバックする。

夢ともなく現ともなく、中層を運動する〈乱思〉＝〈無心所着の観想〉＝〈蚊柱の如き思ひ〉という等式を新たにたててみよう。その中層的観想をさらに〈思ひ〉続け、表層へと意識化したとき、〈高邁で濃厚なチャカシ〉への志向が俳句作品として結実するのではないか。とだえて久しい定家の「夢のうき橋」を蚊柱にかけるほどの、〈高邁で濃厚なチャカシ〉がざらにあろうか。いわば「静かな無心所着」のひとつのルーツとして、其角の「蚊柱」句を読んでみたいのである。*4

Ⅲ

このように、定家を継承する其角の系譜上に、さらに幸彦を位置づけることによって見えてくるものがある。

がしかし、それにしても、私は「蚊柱」という概念（季語ではない）にやや固執しすぎたかもしれない。其角の「蚊柱」句の構造からすれば、次の幸彦作品などもみておく必要がありそうだ。

涸れ井戸に天の川来て横たはる　　幸彦（「燭」四号）

やはり「未定稿句集」所収の一九九五年作品である。「芭蕉翁の〈天の川〉は佐渡に横たはりて久しくなりぬれば」と其角よろしく幸彦自讃の句であったか否か、聞けるものならご本人に伺ってみたい気もするが、やはりあの口髭に軽くいなされてしまうだろうか。否、あれから十年、やっと私もその年齢においついたのだから、今度はまともに取りあって下さるに違いない（そういえば其角もまた四十代後半に彼岸へ旅立った俳諧師であった。合掌）。

1　古典俳文学大系4『談林俳諧集二』（集英社、一九七二年）参照。
2　乾裕幸『周縁の歌学史』（桜楓社、一九八九年）、『俳句の本質』（関西大学出版部、二〇〇二年）を主に参照。
3　蕉門の俳書に関しては『校本　芭蕉全集』第七巻（角川書店、一九六六年）を主に参照。
4〈潜在的であるゆえにまた俳諧の無心所着的な取り合わせ方は夢の現象における物象の取り合わせに類似する〉（「俳諧の本質的概論」一九三二年）という寺田寅彦の指摘もまた傍証となりうるであろう。

〈俳クリティークⅢ〉
無心所着のゆくえ

小池正博の場合

Ⅰ

のっけから忌憚なく言わせてもらえば、この原稿の話をいただいたとき、ひとつ返事で快諾する気にはなれなかった。むろん作家としての小池正博に興味がないわけではない。むしろ興味津々なのだが、それがそのまま批評のモチーフとならないのは、批評をかじったことのある人ならおおよそご理解いただけよう。

もともと連句批評から出発した私は、他ジャンルの作家論や作品論を書く場合、「連句への潜在的意欲」をモチーフとするのを使命のように感じてきた。ともすれば過去形で語られがちな連句の可能性を、「潜在的意欲」をキーワードに現在形で語ってきたわけである。ところが柳人・小池正博に、その手は無効となる。連句人《レンキスト》でもある小池の、その「連句への意欲」はたぶんに顕在的なものだからである。たとえば、セレクション柳人『小池正博集』（邑書林、二〇〇五年）の「あとがき」はこんなふうに始まる。

短詩型文学のうち特に川柳と連句に興味をもち、実作を通して見えてくるいろいろな問題にあれこれ悩みながら、この十年あまり「言葉」に関わってきた。連句における前句と付句の関係性を、川柳の一句のなかで実現する可能性をさぐるのは、興味深い作業だった。

また『俳句空間—豈』四十二号（二〇〇六年三月）のエッセイ「川柳・連句から見た高柳重信」はこんなふうに終わる。

「言葉だけで自立している五七五形式」と「先行する言葉に自己を預け、他者に言葉を手渡してゆくような連句形式」。両者の間で、私の心は揺れ動いていかざるをえないのである。

本人にこうくり返されては、もはや打つ手はない。やはりこの原稿は……と断念しかかったとき、反射的にこんな思いが去来した——ことさら「潜在的意欲」をキーワードにしなくても、現在形で連句の可能性を語れる時代がきたのではないか。くしくも小池のいう〈この十年あまり〉とは、私が連句的批評を展開した期間でもある。またそれは、あたかも柳俳フリーと連動するかのように連句ジャンルが取り沙汰された期間でもある

〈俳クリティークⅢ〉

無心所着のゆくえ

（でなければ批評家として活動する場はなかったであろう）。
もとより小池のテキストに不足はない。いさぎよく「連句への顕在的意欲」をテーマとすればよいだけのはなしである。ささやかな私の使命感は更新されたわけである。

Ⅱ

今年（補註・二〇〇六年）は江戸のレンキスト其角の三百回忌である。去る二月二十六日、小規模ではあるけれど「宝井其角三百回文学忌記念シンポジウム」なる催しが江戸東京博物館の会議室で開かれた。加藤郁乎翁を筆頭とする錚々たるパネリストに紛れ、縁あって簡単なスピーチをさせていただいた。その余波であろうか、今回あらためて『小池正博集』を読んだとき、まず目にとまったのが次の句であった。

昼寝から目覚めたときのかすり傷　　正博

俳句的に解釈すれば、夏の季語である「昼寝覚」と〈かすり傷〉との取合せといった解釈に落ち着くのであろうが、俳諧的なパースペクティヴに立てばそれだけではすまない。つぎの句がそのことを示唆してくれる。

〈俳クリティークⅢ〉

無心所着のゆくえ

切られたる夢は誠か蚤の跡　　其角（『花摘』（元禄三年・一六九〇））

刀で斬られた夢からはっと目覚めれば、なんのことはない、蚤に食われていた、というその奇抜な作風は「無心所着」の名でよばれる。またこの句に関しては、芭蕉と去来による次の問答が知られている。

去来曰く「其角は誠に作者にて侍る。わづかに蚤の喰ひつきたる事、たれかかくは謂ひつくさん」。先師（補註・芭蕉）曰く「しかり。かれは定家の卿也。さしてもなき事を、ことゞしくいひつらね侍る、ときこえし評に似たり」。（『去来抄』「先師評」）

定家評の〈さしてもなき事〉とは、去来の其角評〈わづかに蚤の喰ひつきたる事〉に相当しよう。それをことごとしく悪夢と取合せた其角の手腕に、去来は「誠の作者」を見出し、芭蕉は「定家の卿」を引き合いにだしたわけである。たしかに其角には藤原定家の和歌をサンプリングした〈蚊柱に夢の浮はしかゝる也〉の名句があり、これについてもやはり蕉門の各務支考がこう註している。

定家ノ卿ノ歌ニ、春ノ夜ノ夢ノ浮橋トダヘシテ峯ニ別ルヽ横雲ノソラ、トハ無心所着ノ所ニシテ、此卿ノ風格ハ、千吟万詠モ此躰ナルヲ、晋子モ一生爰ヲ学ベリ。(『本朝文鑑』享保二年・一七一七)

つまり、〈夢ノ浮橋〉に代表される定家の歌の風格は、すべて無心所着であって、晋子其角も一生そこを学んだというのである。新古今調と連歌との相互関係はつとに指摘されているけれど、〈夢ノ浮橋〉の上句・下句を連句的に前句・付句として二行書きすれば、その無心所着ぶりがしれよう。

春の夜の夢の浮橋とだえして
　峯に別るゝ横雲の空

春暁の夢が途絶えてうつつへと移行する状態(上句)に、峯からはなれる横雲の景色(下句)を付け寄せた二句一章といっていいだろう。この奇抜な作風(=無心所着)を、其角は一生学んだわけである。以上を最初の方でふれた小池発言のコンテクストにそっ

〈俳クリティークⅢ〉

無心所着のゆくえ

て換言すれば、「定家における上句と下句の関係性を、其角は俳諧のなかで実現する可能性をさぐった」ということになろう。そしてその成果は、ちょくせつ定家をサンプリングした〈蚊柱に〉の句だけでなく、芭蕉がいみじくも指摘したように〈切られたる〉の句にもみることができるわけである。

だいぶ紙幅を費やした。けれど、これほどの史的パースペクティヴのうえに小池作品が成立しているのは確かであり、それを言わんがための遠回りとお察し願いたい。あらためて両句をならべておこう。

切られたる夢は誠か蚤の跡　　其角
昼寝から目覚めたときのかすり傷　　正博

Ⅲ

つぎは其角的に換言せず、小池的コンテクストのまま作品をみてみよう。つまり、〈連句における前句と付句の関係性を、川柳の一句のなかで実現する可能性〉をさぐった小池作品を分析してみたいのである。とはいえ、紙幅も限られてきた。小池作品のなかには、（連句的にいえば）五七五の長句形式と七七の短句形式とが顕在化されている。そこで、二つの形式から一句ずつピックアップすることで任を果たしたい。まずは長句から。

美しい咳につながる間違い電話　　　正博

これは次の蕉門の付合を髣髴とさせる。

風邪ひきたまふ声のうつくし　　　越人（前句）
何国《いづく》から別るゝ人ぞ衣《きぬ》かけて　　　芭蕉（付句）
「蓮池の巻」（貞享五年・一六八八）

越人の前句は「雁がねの巻」（同年）での付合が有名だけれど、実はこの「蓮池の巻」が初出である。小池作品と対比すれば、病体の美を言いとめる前句〈風邪ひきたまふ声〉は〈美しい咳〉と照応し、姿の見えないミステリアスな付句〈衣かけて〉（外出女性の被衣《かづき》姿）は〈間違い電話〉と照応する。病体への賛美が「不易」なら、ミステリー仕立ては「流行」といえよう。仕立て方は変わっても、賛美の対象は変わらない。つぎに短句形式。

〈俳クリティークⅢ〉

無心所着のゆくえ

薔薇を切る日はネクタイをする　　　　　正博

これまた次の蕉門の付合を髣髴とさせる。

上《うは》をきの干葉《ほしば》刻むもうはの空　　　野坡（前句）
馬に出ぬ日は内で恋する　　　　　　　芭蕉（付句）
「ゑびす講の巻」（元禄六年・一六九三）

野坡の前句は「一膳飯の上にのせる大根葉の陰干しを刻みながらも、心は上の空」の下女を描いている。対するに芭蕉は、その下女の相方として馬子を想定し、「仕事のない日は家にしけこんで色恋に耽る」と付けたわけである。『去来抄』（「修行」）ではこの付合が、位《くらい》付けの模範例として掲げられている。位とは、前句の品格や素材につりあった付句をすることで、宿屋などの下女に傍輩の馬子をあしらった芭蕉の手腕がしれる。さて、この付合を一句に仕立てれば、〈干葉刻む日は内で恋する〉となり、みごとに小池の短句と照応しよう。逆からいえば小池は、〈薔薇を切る〉人の位を見定めたうえで、〈ネクタイをする〉生活を想定しているのである。現代レンキスト小池の手腕がしれるといっていいだろう。

蕉門の俳書・俳諧に関しては『校本　芭蕉全集』（角川書店）を主に参照した。

静かな談林

攝津資子『幸彦幻景』評

一九四七年生まれが、そろって六十歳の定年を迎える「二〇〇七年問題」を契機に、団塊世代論がかまびすしい（補註・二〇〇八年現在）。数を誇る世代の先頭をきった彼らの定年を（俳人として）思うとき、反射的に攝津幸彦の顔がうかぶのは、たぶん私だけではないだろう。一九四七年一月に生まれ、広告代理店の激務をこなしながら、戦後前衛俳句の旗手たりえた幸彦は、一九九六年に現役のまま早々とこの世を去ってしまった。

本書（スタジオエッヂ、二〇〇七年）は、やはり一九四七年に生まれ、幸彦と半生をともにした夫人による、亡夫をめぐるエッセイ集である。二〇〇〇年七月から約四年間、俳句誌『紫』での連載が初出だが、著者もまた俳人というわけではない。世に夫婦俳人は珍しくないが、攝津夫妻はそうではなかった。げんに著者は、本書のそこここで「シロウト」を明言している。がしかし、だからといって内容が薄いわけではない。むしろ濃いのだが、「妻だけが知りうる日常が描かれている」といったレベルの濃さではない。というか、「妻だけが知りうる日常も描かれている」のだが、それが俳人幸彦の非日常をしばしば浮かび上がらせるのである。

たとえば「血液型の話」――幸彦が自身の血液型を、家庭内のみならず雑誌『太陽』（一九九四年十二月号）特集「百人一句」のプロフィールでも偽っていたというエピソード。どうも妻と相性のいい血液型を騙っていたらしいのだが、まんまとだまされたという著者は、ここで俳人・幸彦のエッセイ「わが主張」の一部を抜粋する。

本物が歳月を得て実はインチキであったと判るのは絵にもならないが、インチキがそれを重ねることで段々本物に近づくといった構図はなかなかに俳諧風でよろしい……

（「アサヒグラフ」別冊『俳壇のニューウェーブ』一九九二年十二月）

件の『太陽』で幸彦は、〈高邁で濃厚なチャカシ、つまり静かな談林といったところを狙っている〉と、当時の自分の俳風を語っていた。そんな彼はまた、自ら発行人を務めた『豈』誌上ですら、「生年月日以外はすべておぼろ」と自己韜晦を全うした。これは、談林俳諧の雄であった西鶴の実像がいまだ「没年月日以外はすべておぼろ」であるのとくしくも相即する。本書を読み進めるうち、「静かな談林」が「静かな西鶴」へと具象化していった。

幸彦生前の『豈』の遅刊はいまや伝説となっている。それでも彼の単独句集が少なか

〈俳クリティークⅢ〉

静かな談林

らず残されたのはなぜか。一気呵成に二百句を数度にわたって書き上げた、という本書のエピソード「危ない橋」を読めば、誰しも納得するだろう。一昼夜に何千句、何万句を吐いた西鶴の公開連句が往時の「賑やかな談林」ならば、短時日に現代俳句を何百句も書いた幸彦の密室吟は「静かな談林」というにふさわしい。

その幸彦を見出し、いちはやく評価した高柳重信の名前も本書には散見されるが、その重信はまた西鶴を評価した数少ない俳人の一人でもあった。かつて重信は、俳句における〈言語世界の本質的な貧困〉を憂い、こう述べた。

現代の俳人たちは、あの芭蕉が蕉風の樹立に努めながら、その対極に立つ西鶴の言語世界に対しても、絶えず強い関心を抱いていたことを、改めて想起する必要があろう。〔中略〕現代の俳人も、その胸中ふかく西鶴を育てていなければならないのである。(「西鶴と現代俳句」『国文学』一九七九年六月号、学燈社)

幸彦の「静かな談林」への志向は、この重信の発言に呼応したものではなかったか。重信のみならず、幸彦まで不在の今、〈言語世界の本質的な貧困〉はさらに憂慮すべき状況にありはしないか。表層的な「二〇〇七年問題」を尻目に、私たちは胸中ふかく攝津幸彦を育てなければならない。本書はそのための契機を惜しみなく与えてくれる。

〈俳クリティークⅢ〉

静かな談林

静かな二律背反

「攝津幸彦は俳壇ジャーナリズムとどう関わったか」という所与の命題を前に、反射的に想起した言葉がある。それは〈攝津君はビッグマガジンで仕事をし、何を好きこのんでかリトルマガジンで俳句を作っていた〉という加藤郁乎の発言である。これは平成九年（一九九七）十一月二十九日に催された「全句集出版記念・攝津幸彦を偲ぶ会」において〝献杯の辞〟として述べられたものだ。この会にはリトルマガジンの俳句仲間だけでなく、広告会社に長く勤めた幸彦の、そのビッグマガジン仲間も出席していたはずで、「郁乎翁ならではの俳諧的な挨拶だな」と感心した記憶がある。じっさい攝津資子夫人の『幸彦幻景』（二〇〇七年）によれば、幸彦が〈生前頑ななまでに一線を画し通した仕事と俳句の仲間や知己友人、二百余名の人々が一堂に会し〉た稀有な催しでの挨拶であったのだ、あれは。

ところで、仕事／俳句の〈一線を画し通した〉という行動の根幹には、「恥ずかしいくせに何かを表現せずにはいられない人間」（『幸彦幻景』など）と自己を客観視していた幸彦の静かな二律背反がありはしないか。さらに言えば、こうした二律背反こそが、その後の彼の俳人としての立ち位置を運命づけていったのではないか、そんな思いが今ぬぐえない。

周知のように幸彦は、昭和四十八年(一九七三)に始まった『俳句研究』五十句競作によって俳壇に知られるようになる。当時の編集長・高柳重信の選によるこの競作に、彼は第一回から四回まで毎年応募し、常に佳作の一人となって注目をあびる。けれどその後、俳人としてビッグマガジンの世界で活躍することはほとんどなかった。皮肉ながら、現在のような名声は幸彦の没後高まったものである。それはたとえば、〈生前には角川書店の『俳句』から依頼をうけたこともなく、さながら「俳人以下」の扱いであった〉という筑紫磐井の証言(「攝津幸彦論、再構築のために」『豈』五十四号、二〇一三年一月)ひとつとっても判然とする事実である。けれどくり返していえば、「恥ずかしいくせに表現せずにはいられない」静かな二律背反を抱え込んだ俳人・幸彦にとって、それは受け入れざるをえない宿命のようなものであったろう。次に引く小林恭二のインタビュー記事はそのことを示唆している。

攝津さんは、俳句の世界では大変に不遇、それも笑ってしまうほど不遇だった方です。その不遇感みたいなものから、倒れていく、性格を破綻させていくという光景がよくあるのですが、攝津さんが非常に淡々とされていたのは、最初にお会いした当時から

印象的でした。〔「私の中の俳人・攝津幸彦」、追悼文集『幸彦』一九九七年〕

〈俳クリティークⅢ〉

静かな談林

自身の静かな二律背反を客観視していた幸彦は、一般的には「不遇」と思われる俳人としての立ち位置をも出発当初から冷静にみつめていたのであろう。もともと五十句競作の応募にしてからが、自らの意思ではなく、同人誌仲間の熱心な勧めによるものだった。没する九カ月ほど前、リトルマガジンの一つ『恒信風』のインタビューで次のようにこたえている。

〔……〕ある日、「五十句競作」というのを（高柳重信が）やろうとしてるから、君（攝津）も出せば、みたいな話があって。〔中略〕僕も人に選をされるっていうことについては（他の若手同様）非常に抵抗がありましたね。だから、いや、出さないでおこうっていうことをいったん決めたんだけれど、澤好摩がしつこくてね。それでまあ、出したわけですよね。〔文中（）内は浅沼加筆、引用は『俳句幻景』一九九九年〕

同じインタビューの別のところでは〈結社の功罪の罪の部分〉に関連して〈選句っていう変な制度〉を批判してもいる。ただ誤解のないように断っておきたいが、ほかでもない澤の選句眼によって幸彦は応募にいたり、さらに重信の選句眼によって俳壇的評価をうけたということは、結社の選句とは無関係な文学的真実である。幸彦自身、重信の激励をうけ〈なかなか自信がついたみたいな記憶がありますね〉と続けてインタビューで述べているし、資子夫人も前著で〈折しも恵まれた「五十句競作」での入選は、自分が目指そうとする俳句が、それほど見当違いのものではないとの確証を得させたのではなかったか〉と回顧している。他者の選への抵抗と確証、ここにも静かな二律背反が潜在していよう。

さて五十句競作での入選は、幸彦より若い世代の選句眼をも刺激し、その後、稀にではあるがビッグマガジンへと俳人・幸彦を誘う契機をなしていく。小林恭二の場合がそれだ。

小林は、五十句競作の第二回佳作第一席となった「皇国前衛歌」（厳密には「鳥子幻景」）に衝撃をうけたという。わけても〈南国に死して御恩のみなみかぜ〉にはじめて接した時は〈背筋が寒くなるほど感動した〉と回想し、さらに〈前衛俳句の古典と言っていいほどの句〉とまで評している（『俳句研究』一九八七年六月号）。この小林の選句眼は、やがて岩波新書『俳句という愉しみ』（一九九五年）の企画へ幸彦を誘うこととなる。むろんここでも幸彦は、静かな二律背反をかかえこむ。やはり前記のインタビューから

〈俳クリティークⅢ〉

静かな談林

引こう。

僕は基本的には情緒不安定というか、情緒欠陥みたいなのがありましてね〔中略〕ですから、嘱目とか、何かを見て作るということは、非常に不得手だと言ってもいいと思いますね。だから、そういう意味では、この間小林恭二氏からああいう席題のある句会（『俳句という愉しみ』）に誘われた時も、これはやっぱり結果が非常にみっともないことになるんじゃないかなと。そういう作り方したことないですからね。だけどまあ、前作の『俳句という遊び』で安井浩司さんが出て、安井さんは偉い人ですね、ああいう席でもそのまま安井浩司の俳句をしっかりと作ってね。うん、これで行けばいいんだと思って参加したんですよね。まあ幸いに、割合いい成績を収められて、やっぱり天才だなあと思いましたね（笑）。〔文中（）内は原文のママ〕

やはり「恥ずかしいくせに表現せずにはいられない」静かな二律背反のバリエーションをここにみることができるだろう。嘱目や席題のある句会への不安と、親交のあった安井浩司を契機とした表現意欲。そんな二律背反の果てに、嘱目吟では〈荒星や毛布にくるむサキソフォン〉、題詠では〈竹林に呼びとめられし懐手〉などの静かな談林調がうまれ、後に『鹿々集』(一九九六年)に収録されることとなる。無論ここでも、小林をはじめとする句会参加者らの選句眼がなければ、こうした作品が作品として定着することはなかったであろう。思えば澤好摩から高柳重信へ、重信から小林恭二へ、小林から句会参加者へという選句眼のリレーにより、くしくも幸彦はビッグな俳壇に関わったとしていいであろう。

だがそれにしても、最後の〈やっぱり天才だなあ〉というジョークの底には、「他者の選への抵抗と確証」というあの静かな二律背反が、やはり透けて見えるような気がしてならない。

●初出一覧

序　俳句的連句入門

一、連句見渡し『俳句四季』二〇一六年一月〜三月号（東京四季出版）

二、連句細見　書き下ろし

〈俳クリティークⅠ〉

発句の位／平句の位　原題「それぞれの「潜在的意欲」――ルーツに拘束されない逆説的ジャンル論のために」（『バックストローク』四号、二〇〇三年十月）

筑紫磐井『定型詩学の原理』評　原題「おそるべき批評意識――『定型詩学の原理』「連歌誹諧形式」を読む」（『豈』三十六号、二〇〇三年六月）

破　現代的連句鑑賞

一、学生とのオン座六句　原題「講演録――学生との連句」（『さくら草連句会作品集』九号、二〇一五年十二月）

二、ロッキングオン座六句　原題「ロッキングオン座六句――逆もまた新なり」（『江古田文学』七十九号、二〇一二年三月）

三、俳人とのオン座六句　原題「オン座六句「はつ懐紙」留書」（『俳句界』二〇一〇年三月号、文學の森）

〈俳クリティークⅡ〉

柳瀬尚紀『猫舌三昧』評　『図書新聞』（二〇〇二年十二月十四日）
櫂未知子『季語、いただきます』評　『図書新聞』（二〇一二年五月二十六日）
『放浪記』に見えたる光　原題「『放浪記』における芭蕉的「侘び」――「物の見えたる光」を契機に」（『近世文学研究』五号、二〇一三年十二月）
日暮聖『近世考』評　『図書新聞』（二〇一〇年四月二十四日）

急　連句的西鶴論

一、西鶴独吟の読み方　原題「西鶴独吟の読み方――『大句数』第八を中心に」（平成二七年度版『連句年鑑』、二〇一五年六月）
二、西鶴独吟の基準　原題「西鶴独吟の基準――芭蕉・近松を視野に」（『近世文学研究』七号、二〇一五年十二月）
三、昭和の西鶴、平成の西鶴　書き下ろし

〈俳クリティークⅢ〉

攝津幸彦の場合　原題「静かな無心所着――攝津幸彦と其角」（『―俳句空間―豈』四十三号、二〇〇六年十月）
小池正博の場合　原題「連句への顕在的意欲――小池正博の場合」（『川柳木馬』一一〇号、二〇〇六年十月）
攝津資子『幸彦幻景』評　『週刊読書人』（二〇〇八年一月十八日）
静かな二律背反　原題「とある選句眼のリレー――あるいは初心《うぶ》な二律背反」（『―俳句空間―豈』五十五号、二〇一三年十月）

――以上、本書収録にあたり加筆修正した。

とめがき

本書は私にとって十六年ぶりの俳句・連句論集となります。ちょうどミレニアムとかで世間が色めきたっていた年のことです。春に『中層連句宣言』（北宋社）、秋に『「超」連句入門』（東京文献センター）と柄にもなく続けて拙著を刊行しました。その四年ほどまえの処女評論『可能性としての連句』（ワイズ出版）とあわせ、勝手に三部作と合点し、以来、依頼原稿のほかは俳句・連句論をひかえ、学生時代から取り組んでいた西鶴論に専念しました。なにやら言い訳めくのですが、遅筆の私も遅筆なりに執筆活動は続けていたわけです。そして「西鶴という」シリーズとこれまた勝手に銘打ち、西鶴三部作を構想、二年ほどまえ運よく満尾しました。これで一息つき、つぎは何をするか、しないか、思案しておりましたところ、本書の企画がもちあがってきたのです。

およそ十五年というのは「塵も積もれば」の時間で、遅筆ながらもこなした依頼原稿はそれなりの数で、その大半を「俳クリティーク」として本書に収録しました。ほかにも講演会や連句会を記録したものがあって、それらはそれらで一章としました。また西鶴三部作以後、その俳諧に関する依頼が三本、いずれも雑誌原稿としては長めのもので（そのうちの一つは故あって活字化されませんでしたが）、それらもまとめて一章。さらに一章を「連句入門」として書き下ろすべし、という編集サイドの強い要望があり、これが一番の難問でした。けれど版元の月刊俳句雑誌に入門ダイジェストを短期連載するというカンフル剤が奏効（奏功？）し、数か月で脱稿。あわせて三つの章を序・破・急とした次第です。

ところでこの間、拙著唯一のロングセラー『「超」連句入門』が偶然にも絶版となりました。ややあって前述の月刊俳句雑誌に本書の刊行予告が掲載。と、「新たなる入門めでたし」といったメールやら賀状やらをいくつか頂き、連句の付合さながら偶然が必然に転化した気分となり、新入門の執筆にさらに拍車がかかりました。

つらつら思えば、さまざまの偶然が必然と化し、本書に結実したようです。教え子でもある編集者・北野太一君からはいろいろとヒントをもらい、「西鶴独吟の基準」「ワンツースリー・ルール」「親句・疎句図」等の発想を得ました。彼を介しての版元の方々との出会いも偶然にして必然、深謝するほかありません。そしてもちろん、拙作に一座ご協力頂いた連衆各位、さらにはいま本書を手に取っていただいている読者の方々との御縁も偶然にして必然、あわせて御礼もうしあげる次第です。

平成二十八（二〇一六）年　弥生某日

横浜　曳尾庵《えいりあん》　璞　記す

◉索引

◉オン座六句早見表・実作例

発句＝新年

脇起 オン座六句「はつ懐紙」の巻　　璞 捌

第一連

新年　静まつた障子の咳やはつ懐紙　　堀 麦水
新年　マスク六人松とれし店　　浅沼 璞
　　　海上の道へ向かひし虎もなし　　青山茂根
　　　父はずん／＼空地掘らんと　　櫂未知子
☾　　名月へメール打つてる長き爪　　山元志津香
秋　　かぼちや提灯匂ひをるなり　　佐藤裕介

第二連

　　　竜馬像激しき夢の続きみて　　大井恒行
💎　　石女《うまずめ》といふ遺伝子ありや　　志津香
♥　　くちびるは渡さぬやうに観覧車　　茂根
♥　　細き煙管《きせる》のむらさきほのか　　裕介
夏　　神南備《かむなび》のひとかたまりに梅雨もよひ　　志津香
夏❄　氷室にしばしとどまるも良き　　未知子

第三連［自由律］

Ⓡ　　ローリング・ストーンズと名のる俳人もゐた　　恒行
冬　　腹割つて甲羅酒　　志津香
　　　筋トレに捧げた青春の全ページ　　裕介
♥　　つま恋につまづきぬ　　茂根
♥　　あひびきは病院で済ますつもりだつたのに　　未知子
　　　ツインで一万円以下　　璞

第四連

☾　　たましひをいれる仏の鑿《のみ》の月　　恒行
秋　　秋刀魚とるにも鈴響かせて　　茂根
　　　にこやかにデフレを語る首相なり　　志津香
　　　Yシャツの趣味スリッパの趣味　　未知子
✿　　花の色てのひらの色赤ん坊　　恒行
春　　やがてブレザー着ての入園　　裕介

二〇一〇年一月十日　首尾
於 カフェ・ミヤマ高田馬場駅前店

以上、本書「破」の部「俳人とのオン座六句」より

発句＝春

オン座六句「万国旗」の巻

曳尾庵《えいりあん》　璞　捌

第一連
春　万国旗ゆれて春めく船出かな　広瀬ちえみ
春　千載一遇願ふ三月　浅沼ハク
馬たちの世間話を聞き取らん　鈴木純一
輪ゴムのやうに伸びちぢみする　ますだかも
☾　むら雲のまたも近づきたる既望　中西ひろ美
秋　墨を使はぬまゝ秋の暮　大井恒行

第二連
ザ・カフェとのみ書かれしカフェの止り木に　高岡粗濫
♥　口説き上手はニッカがお好き　加藤　澪
♥　天秤を掛けるに迷ふ下心　ハク
💎　本日限り墓石《ぼせき》のバーゲン　ちえみ
夏　八ヶ岳遠くにありて合歓咲けり　かも
夏　鮎の尾鰭のみなもとを向く　純一

第三連
背の筵たひらに鳴らす琵琶法師　ひろ美
Ⓡ　危機「パラノイド」ブラックサバス　純一
♥　夢の中君ゐて俺はゐないのか　粗濫
♥　シャツのリボンのひどくはにかみ　ちえみ
鰐口の昔ありける仮名手本　恒行
冬❄　ゆら〳〵垂れる人形《ひとがた》氷柱　澪

第四連［自由律］
冬　斬殺と言へなくなつた国に降る雪よ　ひろ美
誰そへ咆哮す　かも
新年　数の子なんか並べてはじいて碁盤の目　澪
新年　家紋のごと雑煮餅　恒行
✿　窓外の花の木に深々とおじぎせり　ちえみ
春　半世紀鶯餅　粗濫

［註］三連二句目「パラノイド」＝ブラックサバスの名盤。前

句「琵琶法師」をギタリスト・トニーアイオミに取り成した面影付け。
同六句目「ゆら〱」＝前句「仮名手本」の由良之介を詠み込んだ無心所着。

二〇一五年二月十五日　起首　ネット韻（二連迄）
仝年三月五日　満尾　於 喫茶「とろんそん」
メンバー＝垂人《たると》　連

発句＝夏

脇起 オン座六句「日向よし」の巻

第一連　浅沼　璞　捌

夏　軽暖の日かげよし且つ日向よし　高浜虚子
夏　たまのたまさか風香る午後　曳尾庵　璞
　牧場に馬の世話する姉もゐて　秋元若菜
　赤革ベルトしつかりと締め　栃本　怜
☾　公転に縛られてなほ巡る月　藤井直人
秋　奥から響く鈴虫の声　岡嶋夏子

第二連

　お情けはどうか僕にと票を乞ひ　本田悠斗
❤　私とだけは手をつながない　篠尾早那《さな》
❤　あざやかなサイズ違ひの同じ柄　市川紗衣《さえ》
　切り売りされるカーテン売場　城前佑樹
💎　少年よ荒川岸の石をとれ　芳司　直
　レイブラッドベリなほ延滞す　永橋　碧《あおい》

第三連［自由律］

　箱の中で再生する黒いビデオテープ　猿橋茉莉子
冬❄　氷瀑を昇る龍　羽生田幸来《みゆき》
冬　触らばもろとも河豚にちく〱とやられる　小村はる
❤　否《ノン》　甘えたいだけ　上梨裕奨《ゆうすけ》
❤　「さうだね」以外の言葉を吐かせ給へるマリア　若菜
春　ためらひなく踏み絵　早那

第四連

✿　花屑をまとひもせずに走り抜け　澤井万智
　光のごとく生きるがごとく　石田有佳

Ⓡ　ルシールのB.B.キング静寂か　中野資久《もとひさ》
新年　指をふるはせ飲み干せる屠蘇　佑樹
新年　お年玉その重量の薬あり　浦　響太郎
　空をあふぎて受くる一滴　大島ケンセイ

［註］四連ロックの座「ルシール」は、先ごろ亡くなりしB.B.愛用のギター。B.B.はブルースキングといふだけでなく、クラプトンを筆頭にさまぐ〵なロッカーに多大な影響を与へたるなり。合掌。

二〇一五年五月二十一日　起首
仝年六月十一日　満尾
於所沢・文芸棟
メンバー＝日芸《ニチゲー》　連

発句＝秋

オン座六句「ある心地」の巻

曳尾庵　璞　捌

第一連
秋　たてがみのある心地して初嵐　鈴木純一
☾　雲の狭間をいそぐ月影　浅沼ハク
　電話機が一件の録音を待ち　中西ひろ美
　ペットの餌を捜しあぐねる　広瀬ちえみ
冬　知らぬ間に川を見おろす白き息　ますだかも
冬❄　氷柱を下げて舞台登場　ちえみ

第二連
　スタート前パンパシパンパシと叩く　ひろ美
♥　女護島《にょごのしま》あれと声を荒らげ　純一
♥　優しすぎあんたは偉うなれへんねん　高岡粗濫
　翌日開票残り二《ふた》枠　純一
夏　クラコットチーズ塗りたる西日中　かも
　螢光灯の紐ひつぱつて　ちえみ

第三連［自由律］
Ⓡ　盗まれた「展覧会の絵」に清盛が　純一
♥　圏外にユキヒコ君が　ちえみ
♥　もしく〵いまどこあたし杏仁豆腐♡肌　純一
　魚が食べる角質　ひろ美
　滑走路三本の向うは沖の濃紺　粗濫
　オスプレイを笑ふ　かも

第四連

新年　初夢の猫の耳ひら〳〵として　川村研治
冬　付合をする深夜まで雪　ひろ美
冬　方法は殴るか蹴るかの枯木宿　ちえみ
　ワインの栓に天国が抜け　ひろ美
　とてつもなき麒麟の舌宙《なかぞら》を舐む　粗濫
　子供の迷ふ上野のお山　かも

第五連

夏💎　夏夏の防犯カメラに写る岩　ちえみ
　とろんそんより地下へ潜入　研治
　わさ〳〵と九品佛にて句会なり　粗濫
♥　逢ひたい病のさのさを唄ふ　ひろ美
✿♥　手のうちを欲しくばあげよ花の奥　純一
春　楽しき春の補陀落浄土　かも

〔註〕三連一句目「展覧会の絵」＝ここではEL＆Pによるロックバージョンのこと。

「清盛」＝EL＆Pの名曲「タルカス」がNHK大河ドラマ『平清盛』のテーマに使われたことによる会釈《あしらい》。

同二句目「ユキヒコ君」＝近ごろ映画化された『ニシノユキヒコの恋と冒険』（川上弘美）による向付け。

二〇一四年八月二十五日　首尾
於 喫茶「とろんそん」
メンバー＝垂人　連

発句＝冬

脇起 オン座六句「航時機《タイムマシン》」の巻

浅沼　璞　捌

第一連

冬　暮れて行く時雨《しぐれ》霜月《しもつき》師走かな　井原西鶴
冬　航時機《タイムマシン》の窓に凩　曳尾庵　璞
　新生児類人猿にそつくりで　由川慶子
　服を着せたる犬を引きつれ　辻　杏奈
☾　針置きしLP盤を聴く良夜　髙山英子
秋　ハックルベリーつまむ指先　間瀬芙美

第二連〔自由律〕

💎　石とは岩より小さく砂より大か　英子
♥　恋人に昇格す　杏奈
♥　昨日までつながらなかつた彼女の愛フォン　守谷沙舟

地下鉄の新しい駅　沖津たんぽぽ

Ⓡ　ポール・マッカートニー氏は脱原発派なり　杏奈

❄　ごくり氷呑みこみ　芙美

第三連

夏　焼酎の芋と麦とを半々に　沙舟

♥　アイヌ・琉球式で口説きつ　慶子

♥　あの人は消え残された子は九人　たんぽぽ

氏神様に踏めるお百度　英子

✿　大鯉を花筏より抜きあげる　たんぽぽ

春　大きな口で念仏の春　執筆

二〇一三年十一月十七日　首尾

於　町田市民文学館

メンバー＝町田市民連句大会　連

以上四巻、ブログ「オン座六句」

(http://renkupower.blog88.fc2.com/) より

浅沼　璞　あさぬま・ハク

一九五七年、東京生まれ。法政大学文学部日本文学科卒。連句人《レンキスト》・俳人。日本大学、法政大学、武蔵野大学、放送大学などで連句実作、近世文学論の講師を務める。専攻は井原西鶴を中心とした初期俳諧。連句形式「オン座六句」を創案。「俳諧無心」代表、「群青」同人。著書に『可能性としての連句』（ワイズ出版）、『「超」連句入門』（東京文献センター）、『中層連句宣言』（北宋社）、『西鶴という方法』（鳥影社）、『西鶴という鬼才』（新潮社）、『西鶴という俳人』（玉川企画）。

オン座六句　http://renkupower.blog88.fc2.com/

俳諧無心　http://mushin.jugem.jp/

俳句《はいく》・連句《れんく》REMIX《リミックス》
2016年4月20日　初版第1刷発行

●著者 ——— 浅沼《あさぬま》　璞《はく》
●発行者 ——— 西井洋子
●発行所 ——— 株式会社東京四季出版
〒189-0013
東京都東村山市栄町2-22-28
Tel／Fax　042-399-2180／042-399-2181
shikibook@tokyoshiki.co.jp
http://www.tokyoshiki.co.jp/
●装幀 ——— 北野亜弓（calamar）
●印刷・製本 —— 株式会社シナノ

ISBN978-4-8129-0889-1　C0095